www.tredition.de

AF186077

Für alle,...

die immer gewusst haben, dass das Leben ein Ponyhof ist.

Annette Teermann

Amber´s Diary

Aus dem Leben einer blonden Stute

www.tredition.de

Umschlaggestaltung, Illustration: Annette Teermann + tredition
Fotos: Annette Teermann, Heinke Bundrock
Zeichnung: Petra Wagner

Verlag: tredition GmbH, Hamburg
ISBN: 978-3-8495-7195-5
Printed in Germany

Bibliografische Information der Deutschen Nationalbibliothek:
Die Deutsche Nationalbibliothek verzeichnet diese Publikation in der Deutschen Nationalbibliografie; detaillierte bibliografische Daten sind im Internet über http://dnb.d-nb.de abrufbar.

Prolog

Na prima, jetzt ist es schon soweit, dass ich ein Tagebuch führe. Öffentlich. Damit erfülle ich wohl endgültig alle Klischees, die man von einer Blondine aus Amerika erwartet: ich bin blond, heiße Amber (wie es in jedem schlechten Highschool-Film eine geben muss) und erzähle nun auch noch Kleinigkeiten aus meinem ach so spannenden Leben.

Obwohl, unspannend war es bislang ja eigentlich wirklich nicht. Geboren wurde ich in Kansas, USA, an einem sonnigen Frühlingstag im April. Gut, ob es sonnig war, weiß ich nicht, klingt aber doch besser als „geboren wurde ich an einem regnerischen, typischen April-Tag....", oder?

Nach einer fröhlichen Zeit, die ich anfangs hauptsächlich mit meiner Mutter Bar Bee Babe (wehe, es lacht hier einer!) verbracht habe, war meine Jugend schlagartig vorbei, als ich eines Tages in einer Art Entführungsaktion in eine riesige, laut-dröhnende Kiste verfrachtet wurde. Nach einer gefühlten Ewigkeit ließ man mich zwar wieder raus – mit Kansas hatte meine neue Umgebung aber nur noch wenig zu tun. Von diesem Moment an lebte ich also in Deutschland – ohne auch nur ein Wort dieser seltsamen Sprache zu verstehen.

Ich bekam eine zweibeinige Chefin zugeteilt, die die Sprachbarrieren mit Hilfe verschiedenster Erziehungsmethoden wegwischte. Sie sorgte in den folgenden Jahren dafür, dass ich zu einer echt chicen Lady wurde und schickte mich sogar dreimal in den Urlaub – Sextourismus, um genau zu sein. Und jedes Mal mit Erfolg, so dass ich zwei Töchter und einen Sohn mein eigen nennen konnte, noch bevor ich elf Jahre alt war (das macht mir mal nach, werte Zweibeiner!).

Kurz vor meinem 11. Geburtstag trat „die Alte" in mein Leben. Eines Tages war sie einfach da und ging nicht wieder weg. Erst als eine Art Ersatz-Chefin, nach einigen Jahren dann fiel sie mir plötzlich um den Hals, weinte selbigen nass und verkündete, sie sei nun hoch-offiziell meine „Besitzerin". Ne, ist klar.

Lassen wir sie in dem Glauben. Fakt ist: sie kümmert sich rührend, wenn mir mal was weh tut, sorgt für mein leibliches Wohl und kann manchmal ganz schön nerven. Aber eben nur manchmal.

Vor einer Weile hat sie mich ziemlich fertig gemacht, als sie beschloss, ich müsste künftig in neuen WG leben. Der Abschied von meinen alten Kollegen, zwei- wie vierbeinig, fiel mir extrem schwer nach all den Jahren. Inzwischen hab ich mich aber eingelebt in der Stadt, die sich Sprockhövel nennt. Mit den neuen Mitbewohnern hab ich es nicht so, im Großen und Ganzen funktioniert´s jedoch.

Ach ja, und dann gibt es seit unserem Umzug auch eine neue Ersatz-Alte, also eine, die immer dann kommt, wenn die Alte nicht kann oder will. Auch von ihr bekomm ich die Aufmerksamkeit, die mir definitiv zusteht, so dass ich mich nicht beklagen kann. So viel zu meiner Vorgeschichte. Mittlerweile bin 21, kenn alle Tricks und steh mit allen vier Beinen fest im Leben. Bis die Alte mir wieder das Gegenteil beweist...

Und nun: viel Spaß mit dem Rest meines Lebens!

01.09.2011

Gestern war ein schöner, aufregender Tag. Also schön für mich, aufregend für meine Alte.

Zunächst war ich entnervt, weil ich nicht mit meiner Mini-Herde in den Garten durfte. Die Entschädigung ließ aber nicht lange auf sich warten: Mein Pediküre-Termin stand an. Und ob man´s glaubt oder nicht: Die Blondine von heute trägt in diesem Spätsommer türkis! Meine Schuhsohlen leuchten jetzt so, dass ich auch als Warnmarkierung auf der A 43 stehen könnte. Chic.

Abends dann war die Alte verwirrt ob der neuen Schuhe. Und anschließend richtig empört, als sie hörte, dass die Mode sie 105,- Euro kosten wird! Wenn ich es richtig verstanden habe, will sie mich demnächst zum Ponyreiten beim Sprockhöveler Stadtfest einsetzen, damit ich einen Teil der Summe selbst erwirtschafte...

Den Gedanken hab ich ihr jedoch ausgetrieben. Gerade als sie sich an meinem Vorderbein zu schaffen machte, hielt ich einfach meinen Kopf über ihren und wartete. Nach nur 10 Sekunden ging der Plan auf: sie kam mit ihrem Schädel hoch, punktgenau unter meinen Kiefer!

War klasse, denn die Nummer mit dem Ponyreiten hat sie dank des stechenden Schmerzes umgehend vergessen :-)

Und um den Tag zu einem genialen Abschluss zu bringen, hab ich mich beim anschließenden Ausritt so benommen wie damals, als ich mal zu einer Zweibeiner-Hochzeit nach Herten musste. Man wird doch noch eine Stunde lang piaffieren dürfen, oder nicht? Ich sag's doch: ein schöner, aufregender Tag!

05.09.2011

Blöd, blöd, blöd. Bin schlecht gelaunt! Spitzenwetter hier in Sprockytown und ich komm nicht raus. Was das wohl soll?

Dabei war ich am Freitag total brav, als die Alte ganz alleine mit mir in den Busch wollte. Nach „nur" 15 Minuten bin ich völlig freiwillig über den neuen Wassergraben gesprungen! Und als sie mir am Samstag diese komische Paste gegen Wurmbefall ins Maul gespritzt hat, hab ich mich als Einzige in der WG nicht dagegen gewehrt. Die Chefs und Cheffinnen meiner Kollegen hier sahen alle recht witzig aus: die eine hatte die Paste in den Haaren, die nächste quer über der Brust...

Ich aber war brav - das muss hier noch mal wiederholt werden. Und der Dank ist Boxenhaft?? Na warte! Werd Dir zeigen, was ich davon halte, wenn Du heute Abend kommst!

06.09.2011

Gähn...´tschuldigung, bin noch müde. Aber wieder besser gelaunt, denn endlich steh ich wieder auf der Wiese. Dafür jedoch ist die Neue neben mir nicht gut drauf. Sie sollte nach kurzer Eingewöhnungszeit Mitglied unserer Mädels-Gruppe werden. Über den Zaun hinweg hab ich ihr ausführlich erklärt, wer hier Chefin ist, was ich von Haflingern halte und welche Demut ich erwarte, falls ich sie tatsächlich auf meine Wiese lasse.

Tja, was soll ich sagen? Sie zieht wieder aus :-)

Ist aber wohl auch besser, weil ihre Alte längst nicht so nett ist wie meine und den Bauern, der hier so eine Art Hausmeister ist, innerhalb von 48 Stunden gleich zweimal verärgert hat. Da geht man besser.

07.09.2011

Neues aus der Kategorie "Tricks, die nur bedingt funktionieren"...

Steh ich doch gestern entspannt in meiner Box, als plötzlich der nette Doc kommt. Nicht falsch verstehen: eigentlich
bin ich kein Freund von den Zweibeinern, die immer nur dann
kommen, wenn es mir ohnehin nicht gut geht. Meist gibt es
dann Spritzen in den Hals oder andere Foltermethoden. Dieser Doc jedoch gehört zu der netteren Kategorie, denn a) ist
er immer mega-vorsichtig mit mir und b) wird er nicht müde
zu betonen, in welch tollem Zustand ich mich befinde. Wüsste
ich es nicht besser, könnte ich meinen, er bastelt mich an...

Gestern also kam er nun und behandelte direkt vor meiner
Nase zwei meiner Kollegen wegen irgendwelcher Beulen und
Milben. Ich war mir sicher: Gleich bin ich auch dran! Zumal
auch die Alte wie aus dem Nichts auftauchte und mich skeptisch ansah. Also versuchte ich die Nummer "verschmelze mit
der Boxenwand, stelle Atmung und Darmgeräusche ein, lege
den Kopf auf den Trog, schließe die Augen halb - dann sieht
Dich keiner".

Ui, das wäre fast nach hinten losgegangen! Denn als ich so verschmelze und schließe, wird die Alte hektisch und faselt was von "gefällt mir gar nicht heute, besser mal draufgucken...." Spontan fing ich an zu fressen, guckte fröhlich und fing Streit mit dem Nachbarn an - alles wieder in Ordnung und der Doc zog ab.

Auch bei der Arbeit hab ich in die falsche Trickschublade gegriffen. Die Nummer "wer schneller rennt, hat schneller Pause" funktioniert offenbar nur bei der Ersatz-Alten. Das hatte ich vergessen, merk es mir aber für die nächsten 2 Tage, wenn sie wieder da ist.

09.09.2011

Hilfe!! Hab gehört, die Alte hat gleich Urlaub. Kann mir bitte jemand zur Seite stehen? Bestimmt ist sie dauernd da, das ist meinem Nervenkostüm nicht zuträglich. Also bitte kommt mich besuchen, damit sie abgelenkt ist, mit Euch ein Quätschchen hält und mich in Ruhe lässt!

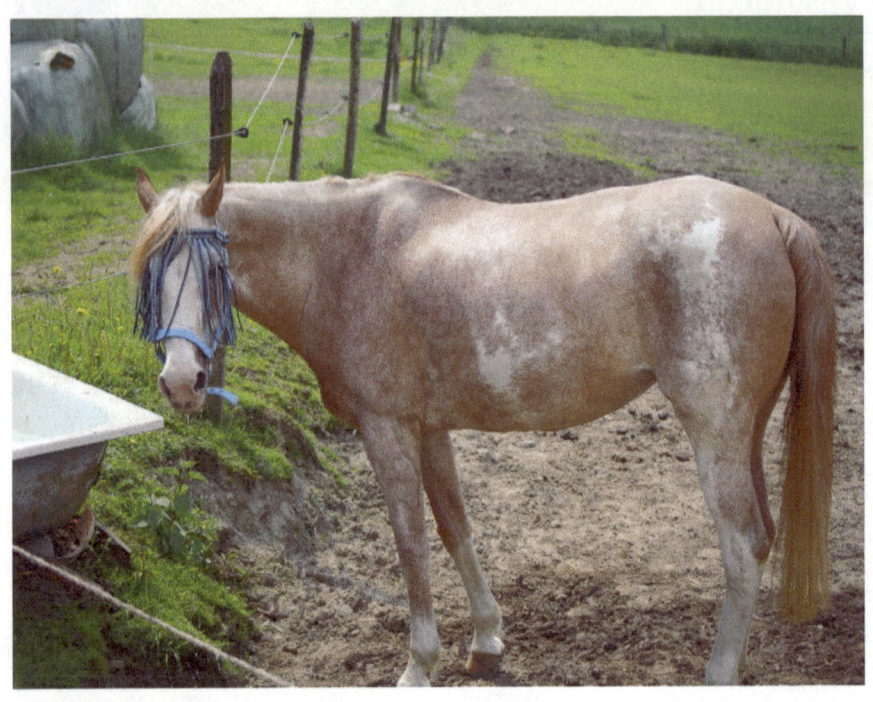

11.09.2011

Huppala, wäre gestern fast dehydriert. Ich sah die Alte auf den Hof kommen und wollte eigentlich nur darauf aufmerksam machen, dass es Zeit zum Reinholen ist. Hat mir ja auch keiner gesagt, dass man bei gefühlten 45 Grad und 98 Prozent Luftfeuchtigkeit besser nicht schreiend im Kreis rennt... Ich glaub, ich werd echt zu alt für so was.

Arbeiten musste ich anschließend nicht. Das heißt jetzt nicht, dass ich zu beneiden wäre. Stattdessen kam diese einmal-im-Jahr-Prozedur, die ich abgrundtief hasse: duschen, shampoonieren, wieder duschen! Am besten gefiel mir, wie das Shampoo in eine Wunde am Bein lief, die ich der Alten wohl vorher nicht eindringlich genug gezeigt hatte... Und Hampeleien lässt sie nach wie vor nicht durchgehen, wie ich schmerzhaft feststellte. Die ersten Zuschauer wollten schon den Tierschutz alarmieren. Nun gut, vom Endergebnis bin ich dann doch wieder überzeugt. Hatte schon vergessen, WIE blond ich tatsächlich bin!

12.09.2011

Ich wusste gleich, dass etwas Unangenehmes auf mich zu kommt, als ich unverschämterweise nicht mit den Anderen raus durfte heute Morgen. Um 10 verschwanden alle, um 11 kam die Alte. Ich hab gebrüllt, bis Blut aus ihren Ohren kam - ohne Erfolg! Dabei hab ich gestern extra mit der Ersatz-Alten super-artig gearbeitet. Ich dachte, so was spräche sich rum und ich würde belohnt dafür.

Stattdessen fuhr um halb 12 der Doc vor. Und wie ich mich so umsehe (lauter leere Wohnungen), wird mir klar: es geht um mich. Ich hab dann mal auf 1,70 Meter Stockmaß gemacht, dachte, er hätte vielleicht Respekt. Von wegen. Zwei Mal in den Hals gestochen und dann mit dem kalten Ding an meinen Bauch zum Abhören. Wusstet Ihr, dass ich fast eine Minute die Luft anhalten kann?

Belohnt wurde ich dann doch noch: Erstens mit dem Kompliment von dem Piekser-Typen ("Sie ist super drauf und noch lange nicht vom alten Eisen!" - hatte die Alte etwa was anderes behauptet??). Und zweitens dadurch, dass ich doch noch auf die Wiese durfte, wo ich als erstes der Haflinger-Zicke eine verpasst habe!

Doch kein so schlechter Tag...

16.09.2011

Wenig los in den letzten Tagen. Die Alte taucht zu komischen Uhrzeiten auf, holt mich mitten am Tag von der Wiese und macht seltsame Dinge. Nie gesehene Stangen-Konstruktionen, Hütchen in viel zu kleinem Abstand und Möhren, für die ich meinen Kopf an schier unmögliche Positionen drehen muss. Ich glaube, sie hat ein bisschen Langeweile. Na ja, will sie ja nicht dauernd enttäuschen, also hab ich mal mitgespielt und alles brav gemacht. Fast. Solange die Hütchen auf dem Boden standen, waren sie ja auch nicht gefährlich. Als die Alte sie aber hoch nahm....ne, ne, ohne mich!

Hab gehört, dass sie heute zu meiner alten Wohnung fährt - ohne mich! Das prangere ich an! Besser würde ich hinfahren, dann müsste ich hier nicht dauernd was posten.

26.09.2011

Wie die Zeit vergeht... Kam ein paar Tage nicht zu neuen Einträgen. Es war ja auch so viel los. Die Alte hat mich gut auf Trab gehalten. Und auf Galopp (hallo Wortspiel). Dauernd war sie da und das zu den unmöglichsten Zeiten. Vielleicht hätte der Tierarzt ihr nicht sagen sollen, dass ich mich in tollem Zustand befinde...

Der Kracher dann am Samstag. Nichtsahnend und Gras-Kauend steh ich in der Sonne, als - eine Stunde VOR offizieller Reinholzeit - die Alte den Weg herunter kommt. Im Schlepptau diverse große und kleinere Menschen. Und von weitem denk ich noch "Das wird doch nicht etwa...." Aber tatsächlich. Besuch von auswärts.

Gleich erkannt habe ich die Chefin meines früheren Ausreitpartners Henry (wir zwei durften jahrelang, als ich noch in meiner alten WG beheimatet war, einmal pro Woche zusammen in den Wald. Leider natürlich immer mit den Zweibeinern aufm Rücken....)

Unverschämtheit, schießt mir durch den Kopf! Ich war so artig in letzter Zeit und die Alte fährt ihr härtestes Geschütz auf! Henrys Chefin kommt nämlich sonst nur, wenn ich es etwas übertrieben habe mit den kleinen Gemeinheiten.

Zunächst also überlegte ich, wie ich sie loswerden kann. Diverse Trickschubladen wurden aufgezogen und gleich wieder geschlossen, denn dummerweise kennt sie sie ja alle. Eine neue Idee musste her - und wurde gefunden! Nach Auflegen des Sattels bin ich bei einer speziellen Berührung einfach immer panikartig zur Seite gesprungen - Riesen-Kracher das! Alle großen und kleineren Menschen waren ernsthaft besorgt. Es gibt Momente, in denen ich mir wirklich wünsche, ich könnte grinsen...

Letztendlich hab ich mich meinem Schicksal gefügt. Und siehe da: es war doch ein prima Nachmittag. Henrys Chefin war so nett zu mir wie ich zu ihr, die Alte selbst beließ es anschließend bei ein paar Ründchen Galopp und zur Krönung durfte ich den kleinsten mitgekommenen Menschen dann auch noch durch die Gegend tragen (Fliegengewicht).

Die Alte war offenbar total zufrieden, denn gestern dann haben wir nix anderes getan, als meinen Sonnenbrand zu pflegen (ja, auch wir können einen bekommen) und dreimal die Wiese rauf zu galoppieren (wäre ohne die Alte obenauf noch netter gewesen, aber man kann nicht alles haben!).

27.09.2011

Wird Zeit, dass der Winter kommt. Diese dauernden Ausflüge durch die Botanik, bergauf, bergab, durch Schlamm, über Pfützen GEHEN MIR AUF DEN GEIST! So, musste mal gesagt werden. Halte heute einfach meine Nase noch intensiver in die Sonne, damit die entzündeten Stellen so rot werden, dass die Alte Mitleid hat und mich einfach mal in Ruhe lässt....

Nachtrag vom 27.09.2011

Mir fällt da noch ein, dass ich an einem neuen Trick zur Arbeitsvermeidung bastele. Wenn die Alte mit mir in die Botanik möchte, steigt sie draußen direkt an einer Bank auf. Sobald sie im Sattel sitzt, stell ich mich mit dem linken Vorderhuf schräg auf das Metallbein der Bank, um mit ein bisschen Druck meinen schicken Schuh zu verbiegen :-)

Muss aber an der genauen Taktik noch feilen, denn mein Schuh ist doch recht stabil. Werde beim nächsten Mal einfach heftiger drauf drücken...

28.09.2011

Hat geklappt, die Nummer mit dem Sonnenbrand. Zumindest wurde ich gestern Abend verschont mit anstrengenden Ausritten oder sonst irgendeiner Form der körperlichen Betätigung. Blöd nur, dass mir die Alte so ´ne bescheuerte Salbe auf die Nase geschmiert hat. Zweimal gelang es mir, ihr das Zeug direkt wieder zurück aufs T-Shirt zu schmieren. Beim dritten Mal war sie dann wachsamer. Na ja, besser Salbe auffer Nase als die Alte aufm Rücken...

04.10.2011

Unfassbar, dass ich immer noch neue Tricks lerne.

Hab festgestellt, dass ich beim Rausbringen morgens genau fünf Sekunden Zeit habe zwischen Befreit-werden-vom-Strick und Schließung des Zauns. Was soll ich sagen: fünf Sekunden reichen locker, um wieder von der Wiese abzuhauen und zu den neuen Kerlen in unserer WG zu rennen... Wesentlich länger dauert es, bis man mich dann wieder am Strick hat. Waren aber auch zu chic, die Jungs...

Die nicht-so-helle, also sehr blonde Haflinger-Uschi, die mit mir auf der Wiese steht, hat versucht, den Trick zu kopieren. An dem Tag, als mich die Ersatz-Alte schon mittags reinholen wollte. Dummerweise haben ihr die fünf Sekunden nicht gereicht. Was sie nicht daran gehindert hat, trotzdem durch den Zaun zu gehen. Die Dritte im Bunde direkt hinterher, die Ersatz-Alte bekommt Panik, macht mich wieder los vom Strick, holt Hilfe. Ohne Erfolg. Denn auch zu zweit war es ihnen nicht möglich, auch nur eine von uns wieder zurück auf die kahlgefressene Wiese zu bekommen. Zur Belohnung ließ man uns im fetten Gras stehen und arbeiten musste ich auch nicht mehr. Prima, hätte nicht gedacht, dass die Super-Blonde mal zu was gut ist...

11.10.2011

Das prangere ich an. Erst überlegt die Alte tagelang, ob sie mir die längst überfällige Decke zum Schutz gegen Regen und kalten Wind mitbringt. Dann kommt sie am Freitag gemütlich damit angeschlufft, als ich bereits platschnass in der zugigen Box stehe. Na immerhin, denke ich. Decke drauf, Fenster endlich auch wieder zu, der Herbst kann kommen!

Wer konnte denn auch ahnen, dass sie offenbar zu geizig war, mir eine qualitativ hochwertige Decke zu kaufen? Da spielt man einmal Rodeo ohne Reiter auf dem Acker, den wir Wiese nennen, und schon hängt das Teil in Fetzen (!!!) an einem runter! Ein Gurt komplett abgerissen, ein quadratmetergroßes Loch auf der Seite... Frechheit, oder?

Und dann steht die Alte abends auch noch fassungslos vor mir und schimpft **mich** (!) aus! Ich muss an dieser Stelle mal anmerken, dass ich meine Ex-Ersatz-Alte aus Herten doch sehr vermisse. Die hatte wenigstens Qualitätsdecken am Start und immer dafür gesorgt, dass sie anständig sitzen!

12.10.2011

Na also, geht doch. Bin jetzt stolze Besitzerin einer neuen Regen- und einer Winterdecke. In hellbraun gehalten, mit hellblauen Rändern. Allerdings hat mich die Alte so dermaßen verschnürt, dass es an der Brust wesentlich enger sitzt als üblich. Mal sehen, ob ich das im Laufe des Tages durch gezielte Wälz- und Tai Chi-Übungen lockern kann...

13.10.2011

Auf nix is´ Verlass. Höre eben, dass die Alte heute kommt, obwohl es gar nicht ihr Tag ist. Bloß weil sie morgen in dieses seltsame Stadion nach Bochum möchte. Schwachsinnsidee...da ist sie doch bloß wieder schlecht gelaunt anschließend! Na ja, muss ich wohl doch arbeiten heute, so´n Ärger!

14.10.2011

Jawoll! Ich hab sie geschafft! Nachdem am Mittwoch bereits die Ersatz-Alte zwei (!) Stunden gebraucht hat, bis ich so tat, als würde ich arbeiten, hatte ich anschließend viel Zeit in meiner Box, um Energie für die nächste Diskussion zu sammeln.

So kam die Alte also gestern Abend, hörte, dass wir erneut nicht auf der Wiese waren (Land unter), und meinte "Na, dann hast Du wohl ein bisschen Bewegungsdrang". Könnte ich lachen, hätte ich es getan...

Bei meiner Körperpflege machte ich plangemäß ein wenig auf hibbelig, um sie in dem Glauben zu lassen. Als sie dann aufstieg, spannte ich alle Muskeln an und - blieb stehen! Erst wurde da oben noch gekichert, nach zwei Minuten ließ das dann nach. Du meine Güte, kann die sauer werden...

Erst zog sie sich die Jacke aus, dann bohrte sie mir die lächerlichen Piekser-Dinger in den Bauch - alles vergebens. Okay, dass sie sich tatsächlich noch dieses Stock-Dings zusätzlich nahm, hatte ich nicht erwartet. War aber halb so wild, denn wirklich damit umgehen konnte sie ja noch nie. Nachdem sie viermal sich selbst und dreimal dann doch mich getroffen hat, ließ ich mich laaaangsam davon überzeugen, dass nur auf der Stelle hampeln auf Dauer langweilig ist.

Letztendlich war ich nach einer halben Stunde warm. Und die Alte brauchte ein Sauerstoffzelt :-)

Den unangenehmen Teil dieses Abends würde ich lieber verdrängen. Dummerweise fand sich nämlich jemand, der nach der halben Stunden sagte "Wenn Du willst, setz ich mich noch ein Weilchen drauf". Ich konnte gar nicht so schnell gucken, wie die Alter runter und die Fremde drauf waren. Nach weiteren 45 Minuten hatte ich mir das vier(!!!)malige Wälzen echt verdient...

17.10.2011

Was für ein entspanntes Wochenende... Freitag war ja die Ersatz-Alte da, weil die Alte selbst zu ihrem anderen "Hobby" wollte. Am Samstag höre ich dann, wie sie erzählt, dass sie einen fast vollen Becher Bier über den Kopf bekommen hat. Selbst schuld! Wäre sie ihrer Pflicht nach- und somit zu mir gekommen, anstatt in dieses Stadion zu gehen, wäre das nicht passiert…

Na ja, ich habe jedenfalls versucht, ihr den Rest des Wochenendes zu retten. Obwohl sie mich unverschämterweise schon um 12 von der Wiese gezerrt hat, bin ich nicht abgehauen. Ich hab auch beim Losreiten nicht rumgestöhnt, um ihr ein schlechtes Gewissen zu machen. Letztendlich haben wir dann den Ausritt beide genossen.

Und wenn ich schon die Alte nicht ärgern konnte/wollte, ging es doch prima mit Fancy, dem einzigen anderen Paint

Horse an diesem Stall. Nichts macht nämlich mehr Spaß, als mir alle 20 Meter die Nase an seiner Schweifrübe zu schubbern! Und weil er ähnlich höflich ist, wie mein alter Kumpel Henry, zuckt er zwar mit den Ohren, lässt es ansonsten aber über sich ergehen...

Heute kommt die Alte auch schon mittags. Momentan denk ich noch drüber nach, ob ich ihr mal deutlich zeige, was ich von verkürzten Weidezeiten halte...

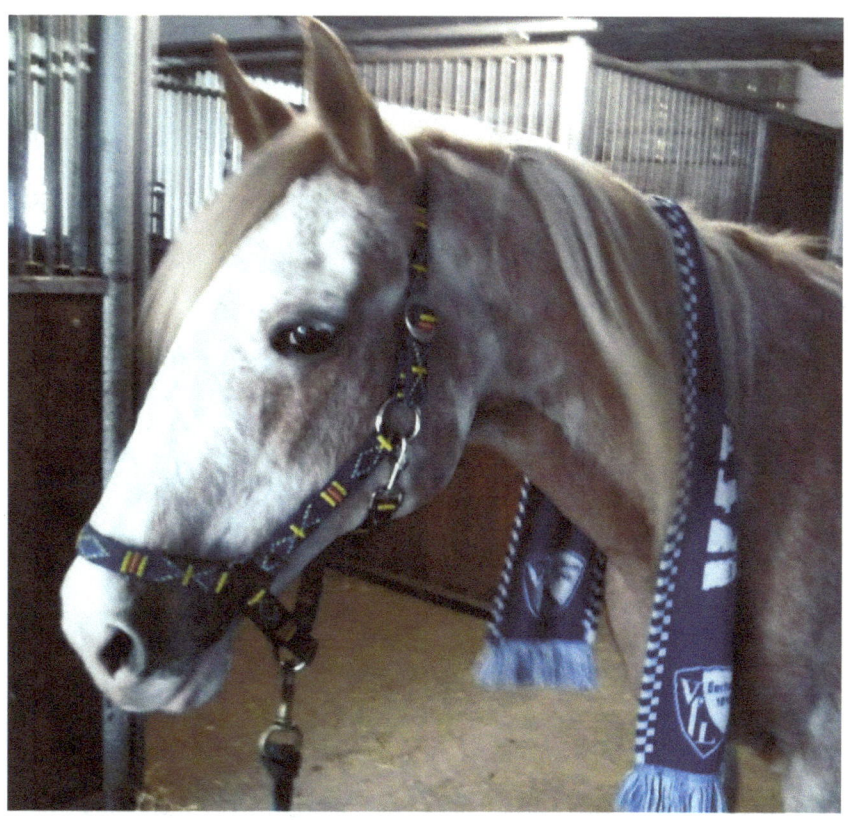

19.10.2011

Probier diese Woche mal was neues und bin einfach nett zur Alten! Am Montag war sie da und hat endlich mal wieder diese lustigen Übungen mit mir gemacht. Also die, wo ich erst durchs Sportstudio pesen darf und anschließend wie ein Hund hinter ihr her renne. Biegen, dehnen, Po-Muskeln aufbauen - das macht echt Laune. Und gutaussehend noch dazu!

Tja, leider kam sie dann gestern entgegen aller Ankündigungen nicht. Hab mir sagen lassen, dass die Arme während ihres Dienstes in aller Frühe von einer Killer-Wespe angefallen und zweimal gestochen wurde! Mir waren die Viecher in den schwarz-gelben Trikots immer schon suspekt!!!

Auf jeden Fall hat sie das absolut nicht verdient. Und deshalb: eine ganz brave Amber bis zum Ende der Woche, versprochen!

20.10.2011

Nanu, taucht doch gestern Abend überraschend die Alte auf. Obwohl ich morgens schon von der Ersatz-Alten malträtiert worden war. Aber ich hab mich an mein Versprechen gehalten und sie freundlich grummelnd begrüßt. Es stellte sich auch bald heraus, dass sie nur ein paar Minuten mit mir laufen wollte, weil doch zur Zeit Boxenhaft angesagt ist. Was ich übrigens sch.... finde, denn gerade im Moment kann man sich unfassbar gut in der Matsche wälzen. Zweibeiner zahlen für so was richtig Geld.

Unser Hallenspaziergang war außerdem klasse, weil mein neuer Lover auch da war. Immer, wenn wir uns begegneten, hab ich ihn ganz leise bezirzt. Hat glaub ich niemand bemerkt. Der ist aber auch sexy! Werd ihn demnächst mal übern Zaun anquatschen. Besser noch reißen wir den Zaun zwischen uns gleich nieder. Hat ja letzten Sonntag mit den großen Jungs auch geklappt. Das war aber nur so lange nett, bis mich ausgerechnet der älteste von den Säcken aufdringlich anbaggerte. Was denkt der denn von mir? Dass ich schon so verzweifelt bin, dass ich mich mit Greisen einlasse? Frechheit!

25.10.2011

Happy birthday wünsch ich zunächst meiner allerliebsten Korrektur-Erziehungs-Ausreit-Freundin (also der Chefin meines ehemaligen Ausreitpartners Henry)! Mein Geschenk: Laufe bei Deinem nächsten Besuch freiwillig vorwärts!

Ansonsten hab ich nur zu berichten, dass ich gestern Abend von der Alten einen gehörigen Einlauf bekommen habe. Natürlich nicht zu Recht, versteht sich! Ich hab dem Kerl in der Nachbarwohnung mindestens schon 200 Mal gesagt, dass MEINE Möhren MEINE Möhren sind. Und dass er sich nicht wagen soll, auch nur einen Blick zu riskieren, wenn ich mich beim Abendessen befinde. Und was tut der Blödmann gestern? Er glotzt, sobald er mich kauen hört! Das kann man doch nicht dulden, oder?

Was kann ich da anderes machen, als einmal heftig vor die Wand zu donnern? Macht man ja schließlich auch, wenn die Party nebenan zu laut ist, gell? Dummerweise hab ich nicht die direkte Wand zu seiner Wohnung hin getroffen, sondern die aus Beton nach hinten raus. Ui, war das laut! Und noch blöder, dass die Alte noch unmittelbar vor der Tür stand...

Ich hab sofort versucht, mich unsichtbar zu machen. Klappte nicht wirklich. Das letzte, was ich dann noch zu hören bekam, war "Wenn Du morgen lahm bist, amputier ich dir die Beine höchstpersönlich!". Mir scheint, sie ist angesäuert....

03.11.2011

Wie die Zeit vergeht, wenn man verliebt ist... Hatte wirklich anderes im Kopf als mein Tagebuch. Der süße Kleine macht mich gaga. Sind wir draußen, wirft er mir übern Zaun verführerische Blicke zu. Besuch ich ihn an seiner Wohnungstür, tut er so, als käme ich von den Zeugen Jehovas. Verstehen muss ich das nicht.

Meine Alte war letzte Woche krank und fast gar nicht da. Schade, denn wir hatten uns gerade wieder so richtig eingegroovt. Na ja, inzwischen ist sie wieder da - und das direkt mit viel Tamtam. Vorgestern nämlich hat sie unserem Hausmeister hier (also der Typ, der uns mit Futter versorgt, die Wohnung putzt und auch sonst für alles zuständig ist) mal so richtig den Marsch geblasen!

Dabei hatte er bloß mal wieder eine seiner seltsamen Launen, die die Alte sonst so gut ignorieren kann. Nicht so am Dienstag. Er sagte was von "musst mal zum Reinholen kommen, dann weißt Du, wo die Pferde stehen" und sie tillte total aus! Hat ihm so richtig gut Kontra gegeben. Das war mal 'n Nachmittags-Showprogramm! Und zu meinem großen Erstaunen hat er uns nicht mit Pauken und Trompeten vom Hof gejagt, sondern stattdessen den Rest des Tages Süßholz geraspelt.

Und ich bekomme seither Berge von Stroh und Heu. Alles in allem also eine prima Aktion!

04.11.2011

Depri. Großer Depri. November-Depri trotz September-Wetter.

Hab mir von dem Zwerg endgültig eine Abfuhr geholt. Da hat er mal meine ganz besonders sympathische Seite kennen gelernt. Man kann schon Angst kriegen, wenn man mich ohne Ohren, dafür mit voller Ansicht meines Gebisses sieht! Hab es mir selbst im Hallenspiegel angesehen - beeindruckend.

Na ja, kommt Zeit, kommt der nächste Typ vorbei. Trotzdem Depri. Hab seit geraumer Zeit die Winter-Garderobe an, trag mein Haar also dichter und länger. Kein Mensch hat mir gesagt, dass es weiterhin 19 Grad sein werden. Und steh ich dann erschöpft und müde da, kommt die Alte und nötigt mich zur Arbeit. Der hab ich was gehustet - und zwar tatsächlich. Ich bekam einen solchen Hustenanfall, dass ich selbst ein wenig Angst hatte.... Die Alte wohl auch, denn zum krönenden Abschluss des Tages bekam ich dann noch das dünne Stäbchen in den Allerwertesten geschoben. Zum "Temperatur messen", wie bescheuert. War doch nur müde und platt.... Ach Depri...

05.11.2011

Der Husten ist fast weg. Dafür waren die Mädels auf der Wiese heute total begeistert von meinem Mundgeruch. Ist auch prima: Ich rieche wie eine ganze Packung Eukalyptus. Dieses Zeug, das mir die Alte über die Möhren kippt, riecht aber nicht nur gut, es schmeckt auch. Werde jetzt öfter mal einen Hustenanfall simulieren...

07.11.2011

Huch, die Ersatz-Alte ist wieder da. Und hat nix verlernt, wie es scheint. Obwohl sie ja wusste, dass ich etwas kränkelnd war, hat sie mich ganz schön malochen lassen. Und ich fürchte, es wird in dieser Woche nicht besser. Die Alte kommt nämlich nur heute und morgen, danach hat sie den Endstress wegen des Konzerts, das sie einmal im Jahr organisiert. Ist wohl am Samstag mit der Band von ihrem Alten. Was ich aber nicht verstehe: da handelt es sich um eine Oldie-Night und ich werde nicht eingeladen! Seltsam....

08.11.2011

Hab die Alte gestern ordentlich überrascht. Als sie mich aus der Wohnung holte, verhielt ich mich genau wie in den letzten Tagen: trauriger Blick, hängender Kopf, ein Bild des Elends. Als sie aber mit mir ins Sportstudio ging und aufstieg, drehte ich auf: loslaufen ohne große Aufforderung, vernünftige Kopfhaltung, alle Übungen machen, bevor ich auch nur ein Kommando bekam! Das Gesicht hättet Ihr sehen müssen! Sie war total begeistert und hat dann nach einer halben Stunde gesagt, wer so brav sei, hätte eher Feierabend. Plan aufgegangen!!!

Ansonsten war gestern ziemliches Theater bei den Nachbarn angesagt. Zwei der Jungs haben sich auf dem Weg zur Wiese losgerissen. Und der Hausmeister beschloss daraufhin, dass sie dann eben mit dem Strick am Kopf den Tag verbringen müssten. Die Alten von den Jungs erfuhren das abends und waren stinksauer. Und was sagt der Hausmeister? "Dann müsst Ihr Eure Viecher mehr bewegen, dann flippen sie morgens nicht aus!" Na, da war was los....

17.11.2011

Irgendwas hab ich falsch gemacht. Da war ich doch so schlau, bei der letzten Arbeit mit der Alten fleißig zu sein, damit ich eher aufhören kann (siehe letzten Eintrag). Und prompt kam sie tagelang gar nicht mehr. Ich hatte in der Tat ein schlechtes Gewissen und hab überlegt, was wohl sein könnte. Denn so sehr sie mich auch nerven kann: ganz ohne sie will ich auch nicht! Montag dann endlich war sie wieder da und was sehe ich? Sie klaut meinen ältesten Arbeits-Verweigerungs-Trick und lahmt!!

Schleicht sich Schritt für Schritt bis zu meiner Wohnungstür und erzählt was von "Hexenschuss...kalte Luft auf geschwitzter Haut beim Konzert..." und so. Wer soll das denn glauben?? Wenn mir mal die Knochen weh tun, nimmt auch keiner Rücksicht. Im Gegenteil: mir wird es als "schlau"

ausgelegt, weil ich angeblich nicht arbeiten will. Und der Alten
soll ich das jetzt abkaufen?? Na ja, vielleicht. Denn Dienstag
durfte ich allein in der Halle herumtoben, während sie schräg
in der Mitte stand. Und gestern hat sie der Ersatz-Alten zuge-
guckt, die mich wieder in den Sportunterricht bei der Hausmeister-Tochter gezerrt hat. Tue ich ihr also Unrecht?

21.11.2011

Hmmm, die Sache mit der Alten und ihrem kaputten Kreuz
entwickelt sich positiver als ich befürchtet habe. Nach zwei
Tagen an der Longe im Kreis rennen wollte ich schon die
fristlose Kündigung einreichen. Am Samstag dann die Überraschung. Sie taucht am frühen Nachmittag auf, lässt sich
von einer anderen Zweibeinerin den Sattel auf meinen Rücken werfen und - steigt tatsächlich auf! Nun gut, es war mehr
eine Bergbesteigung, so wie sie dabei geächzt hat... Aber
dann gingen wir in aller Ruhe in den Busch. Zusammen mit
der netten kleinen Maus, die seit ein paar Tagen bei uns
wohnt, und dem obercoolen Fancy.

Scheint der Alten richtig gut getan zu haben. Schade nur, dass niemand gefilmt hat, wie sie anschließend versucht (!) hat, wieder von mir runter zu kommen....

Gestern dann dasselbe noch mal - nur ohne Begleitung. Gefällt mir auch gut, dann erzählt sie mir immer witzige Geschichten.

Ich frag mich nur, wo wohl die Ersatz-Alte abgeblieben ist...

28.11.2011

Die Alte ist gut gelaunt. Schon am Freitag, als sie mir sagte, sie sei jetzt nicht mehr doppelt so alt wie ich, sondern sogar mehr als doppelt so alt wie ich. Was sie daran fröhlich stimmt, kann ich allerdings nicht nachvollziehen...

Samstag dann hat sie zum ersten Mal seit ihrem Hexenschuss wieder den Sattel angeschleppt. Bevor sie ihn mir aufs Kreuz warf, war jedoch Alarm angesagt. Auf dem Sattel nämlich saß eine Spinne. Meine Güte, eine Spinne halt. Hat sie sich denn noch nie genauer in meiner Wohnung umgesehen? Sie jedenfalls war völlig fertig und faselte was von "Maulwurf-großes Vieh" und so...

Um ihre gute Laune aber zu erhalten, hab ich ihr die 1. Arbeitseinheit nach 2 Wochen äußerst nett gestaltet: fleißig und ordentlich eben. War für mich nicht schwer, weil ja die Ersatz-Alte mit mir geübt hat in der Woche. Der hab ich dann am Sonntag auch keine Probleme gemacht. Werde ich vielleicht zu alt für konsequenten Unsinn???

01.12.2011

Was tut man, wenn man seine Alte vermisst? Man wird krank! Gestern Abend war die Ersatz-Alte da, um mit mir an des Hausmeisters Tochters Unterricht teilzunehmen. Weiß auch nicht warum, aber nach einer Viertelstunde wurd mir komisch: Schweißausbrüche, Atemnot, leichte Krämpfe in der Magengegend. Ersatz-Alte und Hausmeister-Tochter waren sich einig: Besser mal die Alte anrufen!

Die war zum Glück gerade von einem zweitägigen Seminar zurück und hatte sich drei Minuten vor dem Anruf in die Jogginghose und auf die Couch geschmissen. Kurz drauf kam sie dann und was soll ich sagen: ihre bloße Anwesenheit reichte, um alle Krankheitsanzeichen verschwinden zu lassen! Zauberhände? Wunder-Aura? Oder die Drohung, dass

für den Doc keine Kohle vorhanden ist? Egal, es ging mir jedenfalls besser. Sogar dann noch, als sie mich ein Viertel-
stündchen unter chaotischen Bedingungen in unserem Sportstudio an der Longe im Kreis laufen ließ.

Trotzdem hab ich heute Stubenarrest - Frechheit! "Zum Erho-
len", sagt die Alte. Der werd ich heute Abend was husten!
Obwohl, auf den Trick fällt sie ja nicht rein...

02.12.2011

Mir geht´s wieder besser. Hab gestern Abend auch fleißig
gearbeitet. Obwohl: so richtig Lust hatte ich nicht. Aber wenn
alle schon so besorgt waren meinetwegen... Der Stubenarrest
war auch nicht so tragisch, da alle meine Mitbewohner ebenfalls in ihren Wohnungen bleiben mussten. Irgendwie hab ich
die Befürchtung, dass unser Garten jetzt bis zum Frühling
gesperrt bleibt. Morgen gibt´s wieder die leckere Paste ins
Maul gespritzt. Viele meiner Kollegen mögen das ja gar nicht
und müssen nahezu zum Schlucken gezwungen werden. Ich
hingegen find´s prima. Und das Grummeln im Bauch verschwindet dann auch (was sich reimt ist gut, sagte schon
Pumuckl)!

05.12.2011

Gähn...immer noch Stubenarrest. Hängt wohl zusammen mit der tollen Paste. Ich find die ja wirklich toll. So toll, dass ich anschließend sogar auf die angebotene Mandarine verzichtet habe, um mir den Geschmack nicht zu versauen!

Nachteil aber ist, dass ich halt nicht in den Garten darf. Entsprechend war ich gestern Abend ein bisschen beleidigt, als die Alte kam, mich aber nicht etwa aus der Haft befreite, sondern stattdessen im Reiterstübchen Sekt trank. So musste ich noch weitere anderthalb Stunden warten, bis die Ersatz-Alte kam. Da aber war ich bereits wieder ziemlich müde, so dass ich ihr das Leben nicht ganz so leicht gemacht habe.

Hätte ich auch einen Sekt bekommen, wäre das sicher anders gelaufen.

08.12.2011

Da versteh einer die Alte... Am Dienstag kam sie gegen 6. Allerdings nur, weil ihr Mann sie vorher dran erinnert hat, dass Dienstag IHR Amber-Tag ist. Und nicht der von der Ersatz-Alten. Kaum ist sie ein Jahr älter, wird sie wohl verwirrt.

Jedenfalls ging sie voller Tatendrang mit mir ins Sportstudio, fing das Training an und - hörte nach 10 Minuten schlagartig wieder auf! Hausmeister und Tochter waren ähnlich verblüfft wie ich, bekamen dann aber die Erklärung: Magenkrämpfe wie verrückt. Ich dachte ja, das sei mein Part! Sie hätte neulich auch was von dem leckeren Pastenzeug nehmen sollen. So stand ich also schneller wieder in der guten Stube als ich befürchtet hatte.

19.12.2011

Sorry, liebe Lesenden, hab im Moment echt viel um die Ohren, deshalb kommt das Tagebuch ein wenig kurz. Muss noch Geschenke besorgen (Gummi-Sporen für die Alte, ein Halfter in BLAU für die Ersatz-Alte, eine größere Futterschippe für den Hausmeister), meine Wohnung schmücken (blinkende Möhren-Deko ist schwer zu bekommen) und das Weihnachtsmenu planen. Wenn mich der Stress nicht umbringt, melde ich mich aber vor den Feiertagen noch mal!

22.12.2011

Ihr Lieben,

meine Sekretärin geht Weihnachten für eine Weile in den Urlaub und solange es immer noch keine Tastaturen gibt, die mit meinem Spezialbeschlag bedienbar sind, kann ich mein Tagebuch auch nicht selbst hacken. Vielleicht überrede ich sie ja, zwischendurch mal doch den Rechner hochzufahren, wer weiß.

Solange ich das aber nicht garantiert habe, wünsche ich Euch lieber jetzt schon ein frohes Fest, ein paar nette Tage und dann viel Spaß bei Eurer komischen Tradition, plötzlich mitten in der Nacht die Welt untergehen zu lassen - mit viel Geknall und Getöse!

Was immer das soll, es scheint Euch ja Spaß zu machen. Und mir macht es Spaß, dass die Alte am Tag drauf immer zu fertig ist, um irgendwas von mir zu wollen :-) So, und nun warte ich auf zahlreiche Geschenke. Müssen auch nicht ein-gepackt sein; Möhren, Mandarinen, Rote Beete und Äpfel schmecken auch besser ohne dieses seltsame Papier drum-herum...

Merry Dingens!

28.12.2011

Frohes Fest gehabt zu haben! Du liebe Güte, was bei uns gestern los war... Mein Hass-Freund Klaus hat fast die Alte umgebracht. Sie kam gestern, um dabei zu helfen, uns von den Matsch- und Suhl-Entspannungsanlagen zurück in unsere Wohnungen zu bringen. Ich persönlich hab mich ja gefreut, sie wiederzusehen, da sie zwei Tage nicht da war. Der Blödmann aber weiß es offenbar nicht zu schätzen. Kaum hatte sie ihn am Strick, rannte er wie gestört vier Mal um sie herum. Und als das nix half, stellte er sich auf die Hinterbeine und bedrohte sie von oben (der lächerliche Zwerg!). Das war dann der Moment, als die Alte ihn sich selbst überließ. Er also rennt wie vom wilden Affen gebissen an unserem Sportstudio vorbei bis in seine Wohnung. Hat sich leider nix dabei getan, dummerweise aber dafür gesorgt, dass der Gaul vom Hausmeister im Sportstudio erschrak und seinen Zweibeiner in den Sand setzte! Eine Aufregung, kann ich Euch sagen! Die Alte war anschließend so entnervt, dass sie auf die Arbeit mit mir verzichtete (wie schade....) und wir stattdessen einen schönen langen Spaziergang machten. Also ehrlich, greift Klaus sie noch mal an, lernt er mich mindestens so gut kennen wie die kleine Maya, die neulich tatsächlich in meine Entspannungsanlage eingebrochen ist. Der hab ich´s gegeben!

05.01.2012

Hallo liebe Gemeinde, es ist ein ständiges auf und ab. Gepflegte Langeweile, dann wieder Spannung wie im Spukschloss. Langeweile, weil wir momentan dauernd Hausarrest haben. Und ausgerechnet jetzt, wo der Schlamm in meinem Garten knöcheltief und besonders gesund ist! Spannung, weil unser Sportstudio jetzt offenbar einen integrierten Abenteuer-Sektor hat. Man rackert und ackert und schwitzt und dann: wildes Gepfeife rund um die Außenwände, schabende Geräusche an der Tür, lautes Geknalle von oben! Jetzt mal im Ernst: Wenn ich auf so was stehen würde, würde ich ins Phantasialand fahren, oder? Die Alte faselt was von "Sturmwarnung", will mich zurück in die Wohnung bringen und ist dann aber leider mit mir im Sportstudio gefangen! Draußen kam nämlich kiloweise dieses weiße, kalte, harte Zeug von oben. Zehn Minuten, dann war Feierabend. Anschließend durfte ich die 20 Meter nach Hause schlindern. Also so muss das neue Jahr nicht weitergehen!

10.01.2012

Jetzt mal im Ernst: Will die Alte mich vera...? Gestern tauchte sie mitten in der Nacht an meiner Haustüre auf (es war so gegen 9:45 Uhr). Obwohl sie genau so´n Morgenmuffel ist wie ich, holte sie mich aus der Wohnung und erzählte was von "spazieren gehen"! Dummerweise war dann auch noch das Sportstudio belegt (von einem einzelnen meiner Kollegen, der da einfach so alleine in der Gegend stand - ohne Aufsicht), so dass wir sage und schreibe 20 Minuten durch den Regen gelatscht sind. Der Hausmeister war auch verwirrt ob dieser Aktivitäten, aber die Alte sagte ihm, sie habe neue Dienstzeiten und wollte nicht, dass ich bis spät abends so gar nicht bewegt würde. So´n Quatsch! Es kam dann, wie es kommen musste: Am späten Abend - ich war gerade im Halbschlaf versunken - taucht sie ein zweites Mal auf und schleppt mich wieder raus!! Wenn das jetzt zum Dauerzustand wird, beschwere ich mich bei der Gewerkschaft! Oder beim Tierschutz! Oder bei beiden!

12.01.2012

Sehr geehrte Damen und Herren von der Gewerkschaft Pferd! Ich wende mich heute an Sie, da Sie bekanntermaßen meine Interessen gegenüber meiner Besitzerin - im Folgenden "Die Alte" genannt - vertreten. Ich möchte Sie herzlichst bitten, gegenüber der Alten noch einmal zu verdeutlichen, dass ich vertraglich festgelegte Arbeitszeiten habe. Ich musste nun mehrfach außerhalb dieser Zeiten tätig sein. Selbst ein Streikversuch und ein kurzzeitiges Vorgeben der Tatsache, Lady Gaga zu sein, konnten die Alte davon nicht abbringen. Heute nun erfahre ich, dass es entgegen vorher gemachter Angaben auch in der kommenden Woche zu diesen nicht akzeptierbaren Arbeitsbedingungen kommen soll. Ich bitte Sie daher eingehend, sich mit der Alten in Verbindung zu setzen. Vielleicht hilft es ja, ihr anzukündigen, dass der Tierschutz bereits eingeschaltet ist, und ich außerdem in akute Überstunden komme, die sich in heutigen Zeiten doch eigentlich niemand mehr leisten kann. Mit freundlichen Grüße, Ihr zahlendes Mitglied Amber Red! PS: Anbei ein Foto, das daran erinnern soll, wie ich auch aussehen kann, wenn ich nicht geschont werde!

16.01.2012

Was so ein Brief an die Gewerkschaft doch bewirken kann... Am Samstag herrschten gleich ganz andere Verhältnisse. Zunächst einmal durften wir endlich wieder in den Garten zur Schlamm-Heil-Kur. Ich habe etwa 70 Prozent der Zeit genutzt und den Schlamm bis in Nase und Ohren einwirken lassen. Dann kam die Alte (zu einer adäquaten Uhrzeit!) und brachte zusätzlich zwei Verwöhn-Helfer mit. Die eine hat mich gesäubert, als gäbe es kein Morgen mehr, die andere hatte extra ein paar Vitamine mitgebracht. Letztere durfte anschließend ein paar Runden auf mir drehen, was ich als sehr angenehm empfand - der Zwerg wog schließlich nur 18 Kilo, lächerlich. Somit hatte ich also einen echt tollen Tag und verzeih der Alten bereits im Vorfeld, dass sie heute offenbar wieder mitten in der Nacht auftauchen wird!

17.01.2012

Ich glaub, die Alte hat mich doch sehr lieb!

23.01.2012

Oh Shit, ich hab echt Bockmist gebaut! Weiß aber auch nicht, was mich so gaga gemacht hat. Wie üblich stand ich nach getaner Arbeit in meiner Wohnung. Wie üblich hat die Alte die Türe aufgelassen und erst einmal ihr ganzes Zeug weggeräumt. Und wie üblich ging sie dann mit dem Eimer in die Vorratskammer, um von dort die mir definitiv zustehende Portion Möhren zu holen. Während all dieser Zeit stand ich brav wartend da, nur mit dem Kopf in den Flur gereckt. Als aber der auf dem Flur stehende Nachbar eine falsche Bewegung machte, hat es mich einfach überkommen: Ich schoss raus aus der Bude und biss ihm in den Hals!!! Riesengeschrei von allen Seiten - und schon konnte ich wieder klar denken. Also zurück in die Wohnung. Leider war es da schon zu spät. Die Alte stand fassungslos vor mir (hatte sie doch eine Stunde vorher noch gesagt, dass ich das mit Abstand besterzogene Pferd im Stall sei). Wortlos schloss sie meine Tür, sortierte die Möhren wieder zurück in den Sack - und ging! Wie mach ich das nur jemals wieder gut???

30.01.2012

Hallo liebe Gemeinde, hab meine Entgleisung von neulich wieder gutgemacht. Als die Alte am nächsten Tag kam, bin ich ihr fast in den Allerwertesten gekrochen. Ich kann ja so kleine Brötchen backen....Zu meinem Erstaunen hab ich sie seither trotzdem nicht mehr gesehen. Man munkelt, sie war krank. Vorsichtshalber hab ich mich in der Zwischenzeit bei der Ersatz-Alten eingeschleimt. In der Hoffnung, dass sie dann der Alten sagt, wie toll ich doch war. Dann sollte unser Streit endgültig begraben sein. Ansonsten gibt es nix neues. Außer der Jahreszeitenverwirrung, unter der ich etwas leide. Mein Körper sagt nämlich eindeutig, es sei bereits Frühling (wo sind nur all die gutaussehenden Männer??). Dummerweise behauptet das Thermometer das Gegenteil....

01.02.2012

Schon Februar....wie die Zeit vergeht. Ich bin offenbar noch auf Bewährung. Denn obwohl ich gestern wirklich sehr flott und arbeitswillig war, hat mir die Alte einen kleinen Ausrutscher in Sachen Verhaltensregeln nicht durchgehen lassen.

Dabei hatte ich nur für einen kleinen Moment vergessen, dass das Öffnen der Wohnungstür nicht automatisch bedeutet, dass ich auch direkt rein rennen darf. Also merke: Nicht ohne Erlaubnis raus stürmen, nicht ohne Erlaubnis rein rennen. Vielleicht könnte ich mich mit ein bisschen Altersdemenz rausreden. Aber so schlimm wie neulich war es dann doch nicht - meine Möhren bekam ich nämlich trotzdem :-)

07.02.2012

"Manchmal, aber nur manchmal, haben Pferde ein kleines bisschen Haue gern." Hat die Alte gestern gesungen. Und in die Tat umgesetzt. Mein Fehler. Ich war im Irrglauben, dass sie mit zunehmendem Alter genauso senil wird wie ich. Leider aber wusste sie noch zu genau, dass Trick Nr. 12 (das sind die unsichtbaren Aliens in der Hallenecke, um die ich herum springen muss) eben nur ein Trick ist. Schade eigentlich.

08.02.2012

Bei so viel Sonnenschein ist mir eines klar: Es muss demnächst Frühling sein. Also schmeiß ich fröhlich die Winterausstattung ab. Die Alte guckt allerdings besorgt und faselt was von -15 Grad. So´n Unsinn. Sonne = Frühling, her mit dem schickeren Pelz!

Ansonsten gibt es zu berichten, dass die Alte gestern schwer entnervt war. Nein, nein, ICH hab diesmal nix damit zu tun. Vielmehr waren es meine Mitbewohner und deren "Chefs". Eine musste an der Longe im Kreis rennen, buckelte aber regelmäßig vor sich hin. Dann kam unser "Freund" Klaus, der auf keinen Fall in der Nähe der Buckelnden entlang laufen durfte, aber leider auch nicht in meiner Nähe (Zitat von oberhalb meines Rückens: "Trifft er beim Ausschlagen einmal Amber, braucht er nie wieder einen Arzt!").

Als nächstes betrat noch der mit dem komischen Dialekt das Sportstudio; also der Zweibeiner meines Mitbewohners hat den Dialekt, mein Mitbewohner selbst nicht so. Oftmals erzählt er meiner Alten was (also wieder der Zweibeiner und nicht.... Ihr versteht schon.), sie fragt dann „Äh...was?“, er wiederholt es, sie sagt „Ach so, ja klar“ und beichtet mir leise, dass sie Sächsisch wohl nie im Leben verstehen wird. Wie auch immer, mein Mitbewohner verspürte offenbar unter seinem sächselnden Zweibeiner einen unglaublichen Bewegungsdrang und sprang alle zehn Meter mit allen vier Beinen in die Luft. Das war dann der Moment, als die Alte aufgab. Fand ich nicht soooo schlimm; zumal ich ein wenig Zahnweh bekomme....

10.02.2012

Frage: Jetzt hab ich zwei Tage artig mit der Ersatz-Alten gearbeitet - muss ich das dann wirklich heute auch noch mit der Alten tun?

14.02.2012

Hmmm, die Alte war entnervt gestern. Zunächst brauchte ich fast fünf Minuten für den Weg zum Sportstudio, weil der

Weg dahin so griffig war wie Schmierseife. Das hat sie noch nicht gestört - im Gegenteil, sie war ganz stolz, dass ich so vorsichtig gelaufen bin. Im Studio dann aber folgende Situation: im vorderen Bereich wurde Kollege Lawman mit seiner Ersatz-Alten geschult (was uns eigentlich nicht störte). Im hinteren Bereich wurde dann plötzlich mein absoluter Lieblingsfreund Klaus "longiert" - wenn man es denn so nennen will. Der nämlich drehte wie üblich am Rad, was das Zeug hielt. Und die Alte war so vernünftig, mich nicht in seine Nähe zu schicken. Da hätte sich die Frage stellen können, wann ist Totschlag vorsätzlich, wann ist er fahrlässig? Ende vom Lied war, dass wir zehn Runden hinter Lawman her rannten und dann aufgaben. Schön für mich (weil Feierabend nach nur 20 Minuten), nicht so schön für die Alte (weil Schnappatmung vor Empörung).

So, und für heute - so wurde mir zugetragen - haben sich Alte und Ersatz-Alte gleichzeitig angekündigt! Ich versuche gleich beim Füttern die Flucht zu ergreifen...

15.02.2012

Tatsächlich: Alte und Ersatz-Alte kamen gleichzeitig! War dann aber halb so wild. Dass ich wie gestört durchs Sportstudio rennen durfte, fand ich prima. Weiß gar nicht, wo ich die Power her hole zur Zeit...

Im Anschluss hab ich schnell noch gezeigt, wie groß ich werden kann, wenn ich Aliens an der Decke sehe, und wie blöd ich es finde, zwischen zwei Stangen um eine Ecke herum laufen zu sollen (toller Satz für ein Pferd, oder?). Hab mich aber ansonsten gefreut, mal beide um mich zu haben. Die zwei quatschen und quatschen und ich steh nicht ganz so im Mittelpunkt :-)

17.02.2012

Hab einen Kater... (passendes Foto). Muss an der gestri-
gen Alt-Stuten-Fastnacht liegen. Hab ordentlich gefeiert, als
Hausmeister und Co verschwunden waren. Am besten gefiel
mir das Lied "Da hat das rote Pferd sich einfach umgedreht
und hat mit seinem Schwanz die Fliege weggefegt..." oder so
ähnlich. Und auch der Lasso-Tanz ging so richtig in die Hüf-
ten! Prima. Heute kuriere ich mich aus. Und denke darüber
nach, wie ich vor Dienstag die Flucht antreten kann. Da
kommt nämlich der Doc, wurde mir zugetragen.

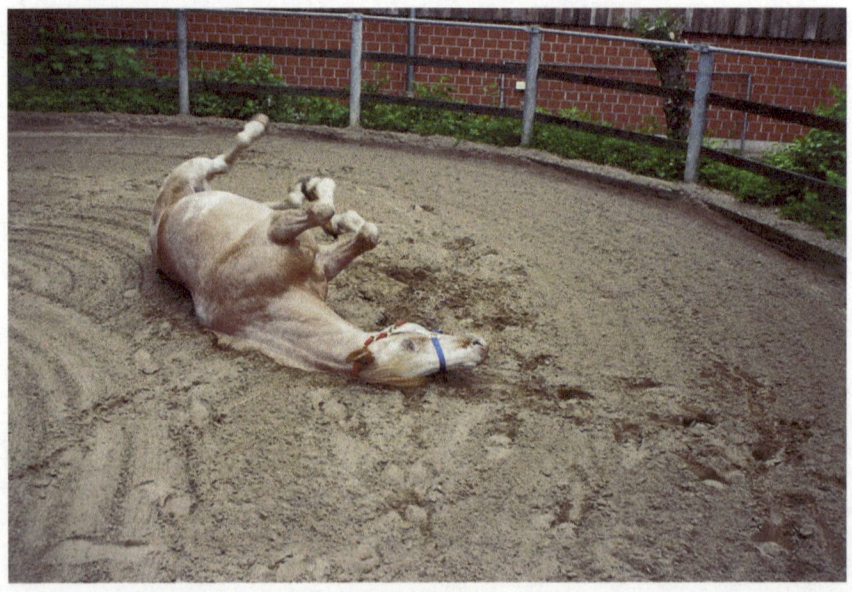

21.02.2012

Bin noch ganz beduselt... Mir hätte klar sein müssen, dass das kein guter Tag wird, als die Alte heute Morgen zu komischer Uhrzeit auftauchte. Und richtig: kurz nach ihr trafen erst der sexy Doktor und dann die Ersatz-Alte ein! Dem Doktor wurde erzählt, dass ich "linker Hand total blockiere" (so ein Unsinn, ich find einfach rechts herum schöner!) und dass es "vielleicht ja wieder an den Zähnen läge" (oh nein, dachte ich, nicht schon wieder!). Sexy-Doc wollte mich aber zunächst in ganzer Schönheit und Bewegung sehen - konnte er haben. Trotz aller Bemühungen: als ich wieder in meiner Wohnung war, kam dann doch die Spritze.

Der Rest verschwindet ein bisschen im Nebel. Ich weiß nur noch, dass es laut war in meinem Kopf, dass es stank und dass der Doc kund tat, die Zähne seien jetzt wieder okay. Es könne aber auch eine leichte Arthrose sein (was immer das nun ist). Langsam wird die Welt um mich herum wieder klarer. Und wie gemein: ausgerechnet heute durften die Mitbewohner auf die Außenanlage! Frechheit!

25.02.2012

Hey, das war ein netter Tag. Erst Schlammpackungs-Wellness im Außenbereich. Frische Luft inklusive. Dann kam die Alte. Die erzählte mir, dass sie nicht so gut drauf ist, weil 1.) ihr seltsamer Fußballverein eine dicke Klatsche bekommen hat und sie 2.) in ihrem noch seltsameren kicktipp-Spiel komplett versagt. Und weil ich gestern so toll mit ihr gearbeitet habe, durfte ich nun im Sportstudio toben! Hab ich getan. Ich glaub allerdings, dass sie die Hoffnung hatte, mir würde dann die Matsche von alleine aus dem Pelz fallen. Fehlmeinung. Somit gab es auch noch eine Massage mit Bürste und Co, und zwar draußen, weil die Luft so schön war. Zwischendurch kam ein Alien vorbei, aber den hab natürlich nur wieder ich gesehen...

27.02.2012

Huch, die Alte ist fast so blond wie ich. Das hatten wir ja schon lange nicht mehr. Deutliches Zeichen für den nahenden Frühling. Solange wir ansonsten nicht im Partnerlook rumlaufen... Das wäre mir peinlich, echt.

Heute hat sie mich als erste aus dem Wellness-Bereich abgeholt. Das war nett, so musste ich mir das Gespinne meiner Mitbewohner nicht ansehen. Da die Alte nämlich die einzige war, die dem Hausmeister und seiner Frau geholfen hat, ging es den anderen wohl nicht schnell genug. Rusty und Maya flippten aus, bis sie endlich am Strick waren, Nobel fing sich direkt eine ein (da versteht die Alte wirklich keinen Spaß) und sogar Fancy wurde geschätzte 20 Mal von ihr angebrüllt. Meine Güte, was bin ich doch umgänglich...

07.03.2012

Meine Schreibkraft hatte frei, daher die längere Pause... Was soll ich sagen, die letzten Tage waren sehr abwechslungsreich. Die Alte teilte mir Dienstag mit, dass sie sich für ein Weilchen verabschiedet. Ich tat also, was ich immer tue nach solchen Ankündigungen: ich machte ihr den Abschied ein bisschen leichter :-) . Durch Ungehorsam und Faulheit vermisst sie mich nicht so doll - das ist doch sehr nobel von mir.

Da die Ersatzalte sich auch nicht blicken ließ, hab ich mich bereits selbst auf ein paar erholsame Stunden eingestellt. Aber: Pustekuchen! Die Chefinnen von Law und Fancy gingen in meiner Wohnung ein und aus, als wären sie hier zu Hause! Und nicht nur das. Sie gestalteten auch mein Arbeitsprogramm! Da das Wort "blond" bei mir wirklich nur die Farbe meiner Mähne beschreibt, war mir aber schnell klar, dass die beiden auch Chefinnen des Möhrensacks sind, wenn die Alte nicht da ist. Somit hab ich mich artig gefügt. Gestern kam dann die Alte wieder, hat erstmal fünf Minuten mit mir gekuschelt und dann den Alltag zurück ins Leben gerufen. Blöd allerdings: die Ersatzersatzalten haben von ihr zum Dank diese "Mozartkugeln" bekommen (so'n braunes, leckeres Zeug) und ich nicht! Frechheit!

11.03.2012

Langsam kehrt Normalität ein. Alte und Ersatzalte kommen wieder an gewohnten Tagen. Dafür ist der Hausmeister spurlos verschwunden und lässt sich von seiner Tochter vertreten. Warum genau darf ICH nie weg für ein Weilchen? Hätte große Lust auf ein paar Tage Strand. Mit Wellness-

Einheiten. Vielleicht gäb es da ja jemanden, der mir alle meine Winterhaare auf einmal wegmassiert. Die Alte müht sich schon seit Wochen - ohne Erfolg.

Zu ihrer Ehrenrettung muss ich aber sagen, dass sie seit ihrem Urlaub noch nicht wieder auf der Höhe ist. Schniefnase und Röchelatem - buäh. Von daher war ich gestern und vorgestern auch 'ne Runde nett zu ihr. Was war sonst? Ach so, hab einen neuen Freund. Hat fast meine Haarfarbe, ist ähnlich flauschig, aber wesentlich kleiner. Muss ich erwähnen, dass er ein Collie ist? Glaube nicht, spielt doch keine Rolle. Auf jeden Fall find ich es sehr angenehm, meine Nase in seinen Kragen zu bohren....

14.03.2012

Scheiße, ich werd doch alt.... Während ich vorgestern noch fleißig mit der Alten arbeiten konnte, ging gestern plötzlich nix mehr. Also einseitig zumindest. Wir waren im Sportstudio zum "lockeren Bewegen" an der Longe. Wie immer fingen wir rechts herum an und die Alte hatte mich auch schnell davon überzeugt, dass man durchaus bereits am frühen Nachmittag sportlich tätig werden kann. Dann aber haben wir die

Richtung gewechselt und zack - nix ging mehr! Mir tat so dermaßen die linke vordere Seite weh. Das sind die Momente, in denen ich gerne die "Alten-Sprache" sprechen würde. So aber konnte ich ihr nur durch Ohren-an-den-Kopf-pressen und wildes-Schweif-Geschlage mitteilen, dass jetzt echt mal Feierabend war. Gut, hat sie auch verstanden.

Ich durfte dann zurück in die Wohnung - mit vielen Streicheleinheiten und einem Möhrenimbiss, während die Alte meine komplett durchgedrehten Mitbewohner aus dem Wellness-Bereich geholt hat. Heute haben nur zwei versucht, sie dabei umzubringen - sie macht Fortschritte (bislang hat sie ja auch nur das kleine Reinholabzeichen). Tja, und nu warte ich auf den Besuch einer "Expertin", die mir helfen soll, die Blockade wieder loszuwerden. Vielleicht schickt sie mich ja in Rente? Mehr weiß ich nächste Woche.

15.03.2012

Blitzheilung! Bin gestern so gut gelaufen wie schon ewig nicht mehr. Die Ersatz-Alte war total happy!!! Und hat es gleich der Alten berichtet. Vielleicht hatte ich ja eine

Dienstags-Lahmheit? Ich fürchte, zur Knochen-Einrenkungs-Lockermach-Expertin muss ich nächste Woche dennoch.

21.03.2012

Also mal ehrlich, wo darf ich mich offiziell beschweren? Das geht doch nicht! Dass mich die Ersatz-Alte in Pink und Herzchen kleidet, find ich schon peinlich genug. Nachbarn und Mitbewohner, selbst der Hausmeister - alle amüsieren sich. Dass sie jetzt aber davon sogar Fotos veröffentlicht, kann ich nicht hinnehmen. Wo bleibt denn da mein Recht am eigenen Bild? Und was macht die Alte? Regt sich zwar auf, veröffentlich das Bild dann aber selbst im Ponyhof-Forum! Ich werde den Ethik-Rat informieren. Und den Journalisten-Verband. Außerdem hoffe ich, dass die Alte es wieder gut macht, in dem sie in Kürze die Fotos zeigt, die sie letzten Samstag gemacht hat. Da sollte doch was vorteilhaftes dabei sein. Und wenn nicht, wandere ich aus! Back to Kansas!

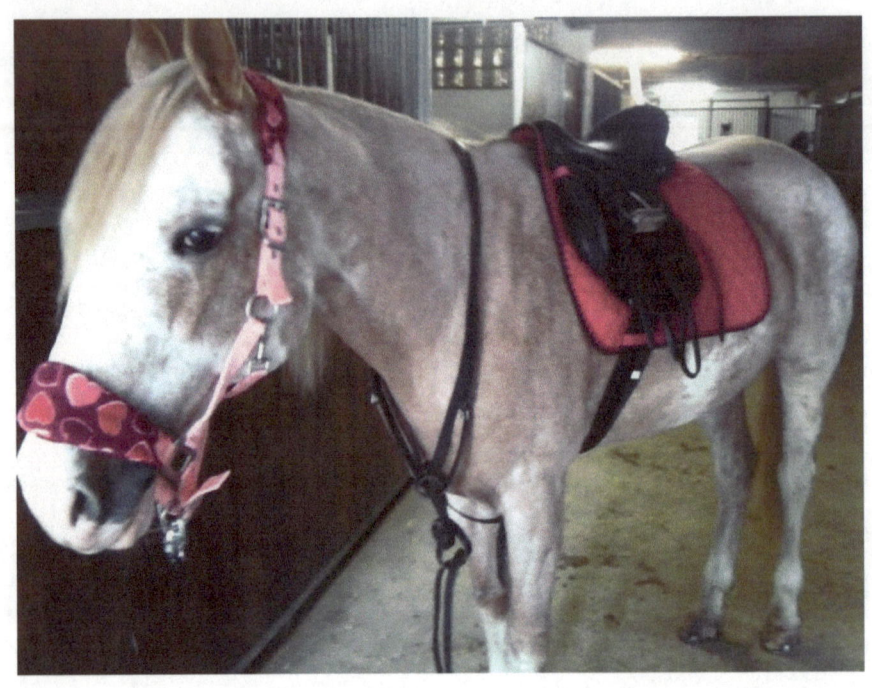

23.03.2012

Doch keine Früh-Rente. Na ja, bin aber in der Tat beruhigt.
Und die Alte erst. Hatte doch tatsächlich ein Tränchen im Au-
ge vorhin. Heute morgen war die Knochen-Experten-Uschi
da. Spannend. Ich hatte bislang keine Ahnung, zu welchen
Bewegungen ich in der Lage bin. Und wie sich mein Hintern
von ganz alleine bewegt, wenn sie mit ´nem Bleistift drüber

fährt - cool. Viel von ihrem Geschwafel hab ich nicht verstanden. Kann aber sagen, dass ich wohl keine Arthrose habe. Stattdessen war irgendwas mit dem Lendenwirbel. Und Anweisungen für einen der Sättel hat es auch gegeben. Wie sagt die Alte immer? "Alles wird gut!" Allerdings hab ich jetzt tierischen Muskelkater...

26.03.2012

Na endlich. Die Alte hat die lang versprochenen Bilder von mir in meinem gar nicht mehr so neuen zu Hause gemacht. Und nachdem ich mich schon wieder im Internet mit dem Herzchen-Ding auf meiner Nase gefunden habe, wurde das jetzt auch mal Zeit!

Hatte ansonsten ein nettes Wochenende - Spaziergänge im Frühling gefallen mir wesentlich besser als harte Arbeit im Sportstudio. Heute Abend kommt allerdings die Alte wieder (war am Wochenende auf Klausurtagung); wer weiß, was mir da blüht...

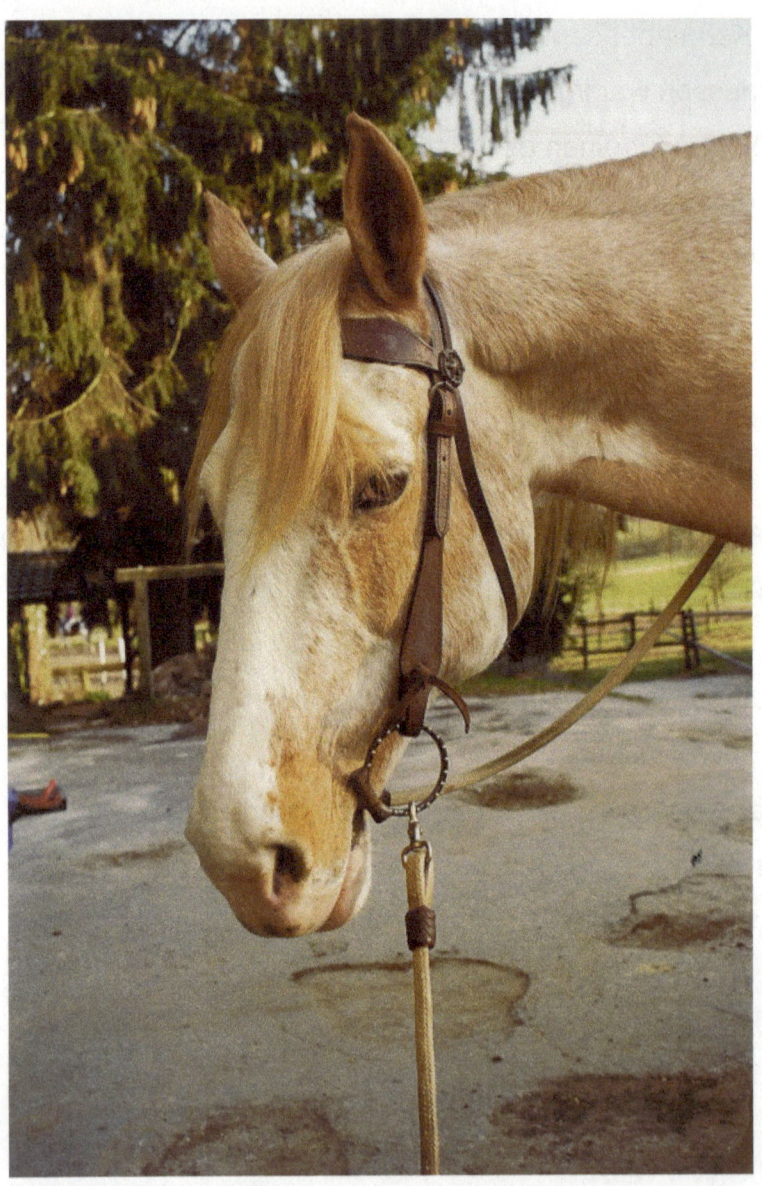

27.03.2012

Ich weiß ja nicht so ganz genau, was die Experten-Uschi da letzte Woche mit mir angestellt hat. Muss aber feststellen, dass die Arbeit leichter von der Hinterhand geht. Gestern A-bend hatte ich geradezu Spaß (wo soll das noch hinführen?). Und das Tollste: Zum ersten Mal seit gefühlten 100 Jahren durfte ich im Anschluss wieder ins Gras beißen! Aus mir un-erklärlichen Gründen ist nämlich das Grasfressen hier in Sprockhövel offenbar im Winter verboten. Und damit wir bei Wiedereröffnung des Buffets nicht gleich an Bauchweh zu Grunde gehen, müssen wir langsam (viel zu langsam!) wieder an die Vitamine gewöhnt werden. Und damit haben wir heute angefangen. Spitze, der Frühling ist da!!!

30.03.2012

Ganz schön schlechte Laune hatte die Alte gestern. Lag hauptsächlich an den Verpflichtungen, die sie - unverständlicherweise - neben mir sonst noch hat. Ich sag ja seit Jahren schon, schmeiß den anderen Dreck hin und kümmere dich ausschließlich um mich! Sie erklärt mir dann immer, dass sie das gerne tun würde, dann jedoch ICH für meinen Unterhalt aufkommen müsste. Und damit meint sie leider nicht, dass ich eine Verpflichtung bei einer der besten Model-Agenturen unterschreiben soll.

Von daher finde ich mich wohl damit ab, dass sie weiterhin regelmäßig in dieses Wuppertal fährt und manchmal halt mit nicht so guter Laune wiederkommt. Dass ich gestern dann wirklich nicht gut laufen konnte, hat es natürlich auch nicht besser gemacht. Um dem Tag aber irgendwas positives abzugewinnen: Ich hab festgestellt, dass ich zehn Minuten ohne zu atmen auskomme! Wenn ich nämlich zehn Minuten aufs Atmen verzichte, hab ich mehr Zeit, um ins Gras zu beißen :-)

01.04.2012

Die Alte hat es gestern gut gemeint mit mir. Oder mit sich selbst? Egal, ich hab auf jeden Fall davon profitiert. Nix war mit harter Arbeit oder sonstigem Unsinn, den Pferd nicht braucht. Einfach nur Schönheitspflege, zehn Minuten ins Gras beißen und zum krönenden Abschluss dann noch Besuch von dem kleinen Süßen! Die Alte kann noch 1.000 Mal sagen, es handele sich um einen HUND und ich solle meine Nase von ihm lassen. Ich spüre, dass da was läuft zwischen uns! Sonst würde er sich doch nicht dauernd an mich kuscheln, oder?

04.04.2012

Was war das denn gestern? Richtig angenehmes Wetter und ich durfte nicht raus! Also nicht so wirklich. Erst war der Pediküre-Paul da, dann kam Sexy-Doc und stach mir in den Hals. Zeitgleich tauchte zwar die Alte auf, entließ mich aber auch nicht in die Freiheit. Gut, immerhin ließ sie mich 15 Minuten ins Gras beißen. Dennoch: in meinem Vertrag steht "...mindestens vier Stunden täglich unter freiem Himmel...".

10.04.2012

Bin verwirrt. Am Samstag kam die Alte, um mit mir zu arbeiten. Geholt hat sie aber nicht unsere coole Westernausrüstung, sondern das Zeug von der Ersatz-Alten, also Dressursattel und -trense. Was folgte, war ein wüstes Gekicher schon bei dem Versuch, überhaupt aufzusteigen (Zitat: Wo ist das Horn zum Festhalten?). In jeder Kurve behauptete sie, gleich runter zu rutschen. Außerdem hat sie die Bügellänge geschätzte zwölf Mal geändert. Um das Chaos so kurz wie möglich zu halten, hab ich dann einfach fleißig Gas gegeben und ordentlich malocht. Dummerweise bildet sie sich nun ein, es läge an ihr. Und nun will sie die Nummer wohl wiederholen... Immerhin hat sie mich gestern nicht groß belästigt. Kam erst spät, in Begleitung des Alten-Alten, und - weil Montag war - ließ mich schon satte 20 Minuten ins nasse Gras beißen. Bin mal gespannt, wann wir endlich bei einer Stunde angekommen sind...

11.04.2012

Hab ich's doch geahnt. Die Nummer mit dem Dressur-
zeugs ging gestern in die zweite Runde. Zunächst aber be-
ging sie einen fatalen Fehler. Sie stieg nämlich ohne die spit-
zen Motivationshilfen auf - *lachtot*. Ich guckte einmal un-
gläubig auf ihre Füße und stellte dann umgehend die Mitar-
beit ein. Blöd nur, dass sich ein anderer Zweibeiner fand, der
ihr die Dinger brachte. Nun gut, immerhin hab ich dadurch
zehn Minuten weniger Stress gehabt.

Spannend war gestern übrigens auch, dass sich Kollege
Rusty beim kurzfristigen Ausbruch und anschließendem
Sprung über eine Böschung übel verletzt hat. Sexy Doc war
da und hat ihn vor meiner Nase operiert. Hoffe, dass es ihm
zügig besser geht!

13.04.2012

Was ist das? Frühjahrsmüdigkeit? Das Alter? Keine Ahnung. Als die Alte gestern kam, schlief ich schon. Als sie mich
aus der Wohnung holte und im Flur abstellte, schlief ich direkt

wieder. Bei der Enthaarungs- und Massageaktion fiel ich sogar in den Tiefschlaf. Im Sportstudio hielt sie mich einigermaßen wach, aber richtig fit geht anders. Wirklich wach war ich nur in den 20 Minuten, als ich ins Gras beißen durfte. Weil das aber in der Tat sehr anstrengend ist (immerhin hole ich nach wie vor während der ganzen Zeit keine Luft), war ich noch nicht ganz zurück in der Wohnung, als mir schon wieder die Augen zu fielen. Ich denke, ich werd das ganze Wochenende pennen...

17.04.2012

Oh shit, was hab ich getan? Unser Hausmeister (der ja eigentlich der Vermieter ist und künftig auch so genannt werden sollte) hat mir einen neuen Außenbereich zugeteilt. Zur Erklärung: während des Winters hat ja ein jeder von uns einen 15 Quadratmeter großen Matschgarten für sich allein, in dem wir bei guter Vermieter-Laune ein paar Stunden verbringen dürfen. Manchmal. Also ab und zu.

Und weil meiner zwischen zwei anderen Gärten lag, kam die Alte mittags nur schlecht an mich dran (die Nachbarn mö gen einfach keine Fremden in ihren Gärten). Somit fand ich mich gestern plötzlich neben neuen Nachbarn wieder. Und ich weiß nicht, ob es ein schräger Blick oder doch nur der aufkommende Westwind war - ich drehte plötzlich durch! Zwei Stromzäune konnten mich nicht aufhalten, in kürzester Zeit stand ich in Mayas Außenanlage und hab der kleinen Weißen gezeigt, wo der Hammer hängt! Vermieter schrie wie am Spieß, aber hören tu ich in solchen Momenten nur selten (und wenn, dann eh nur auf die Alte).

Blöd nur: Maya hat sich gewehrt. Und gewonnen. Zunächst sah es danach aus, als hätte sie mich nur vier Mal an Hintern und Beinen getroffen. Der Vermieter rief also erst den Doc und dann die Alte an. Beide kamen nahezu zeitgleich und zu meinem Erstaunen wurde die Alte grün im Gesicht. Lag wohl daran, dass mittlerweile meine komplette hintere Hälfte und die halbe Wohnung voller Blut waren...

Frau Doktor (wo war eigentlich Sexy Doc?) schickte mich ins Land der Träume (nachdem ich zuvor noch einmal vor lauter Schmerz erfolgreich abgehauen und wieder eingesammelt worden war). Eine Stunde später wurde ich wach und hatte wieder dieses Maulkorb-Dings um. Die Alte - immer noch grün - erklärte mir, mein vorgezogenes Geburtstagsgeschenk sei dann wohl die Arzt-Rechnung. Und dass ich im

Lexikon der möglichen Krankheiten jetzt wieder bei A angefangen hätte. Denn (nun kommt's!): ich hatte einen Arterien-
riss in der Scheide!!! Wie hat das weiße Ungeheuer das denn
geschafft?

Wenn alles glatt geht, müsste ich in ein paar Tagen wieder
fit sein. Solange hoffe ich einfach, dass die Schmerzmittel
nicht nachlassen. Und das Penicillin. Und das Antibiotikum.
Mir tut nur leid, dass die Alte nach der ganzen Aktion fix und
fertig war. Vielleicht sollte ich doch damit aufhören, ihr so vie-
le Nerven zu rauben....

18.04.2012

Happy birthday to me, happy birthday to me! Es begab
sich heute vor 22 Jahren in Kansas, USA... Hihi, soviel dazu.
Dummerweise hab ich selbst an meinem Geburtstag noch
Hausarrest. Obwohl, so richtig gut laufen kann ich halt nach
wie vor nicht. Seit die Schmerzmittel nachgelassen haben,
hab ich das Gefühl, ich gehe wie auf Eiern. Da hilft auch das
Ekel-Zeug nicht, dass mir die Alte jetzt täglich ins Maul spritzt.
Im Gegenteil: das bewirkt sogar, dass mir das Gras nicht rich

tig schmeckt. Trotzdem war die Alte gestern ganz zufrieden mit meinem Gesamtzustand. Und noch zufriedener wurde sie, als ihr der Vermieter erzählte, dass sich fast schon wieder zwei Weiber im Außenbereich an den Haaren hatten, und ich nicht die einzige Verrückte in dem Laden sei! Versteh die Aufregung ohnehin nicht. Maya hat original gar nix, ich hingegen habe vier (!) fette Macken nebst Prellungen und der gerissenen Arterie und werde hier als die Böse dargestellt. Egal, jetzt feiere ich erstmal Geburtstag und hoffe, dass die Alte nachher eine Möhrentorte vorbei bringt!

19.04.2012

Na, das war ja ein Geburtstag. Stubenarrest, schon wieder ekeliges Antibiotikum (trotz Gegenwehr) und zum krönenden Abschluss ein Besuch vom Sexy Doc - sein einziges Geschenk waren allerdings zwei Spritzen in den Hals und die Ansage, dass ich noch ein Weilchen Ruhe brauche! Ruhe - so´n Unsinn! Ich hab der Alten (die immerhin sechs Stunden mit mir verbracht hat; falsche Planung irgendwie...) deutlich gemacht, dass ich wieder fit bin. So fit, dass ich erstmals seit meinem Einzug in diese WG stundenlang in Richtung Außenbereich gebrüllt habe! Übrigens: geantwortet hat mir konsequent Kollegin Maya. Konnte nur nicht so genau hören, was sie gesagt hat. Entweder war es "Komm nur, ich bin bereit für Runde 2" oder aber "Nun komm endlich runter, seit Montag sind wir doch beste Freunde". Ich schätze, das werd ich beim nächsten Aufeinandertreffen genauer feststellen.

Nun gut, die Alte brachte die versprochene Möhrentorte, eine Banane (deren Geschmack sie mir aber mit dem Antibiotikum-Spritzendings versaut hat) und eine deutliche Erweiterung unseres Arbeitsvertrags. Folgende Paragraphen sind neu hinzugekommen: § 17: Es ist nicht gestattet, Stromzäune zu zerstören. § 18: Es ist auf keinen Fall gestattet, Mitbewohner anzugreifen - egal ob grundlos oder mit gutem Grund. § 19: Für jegliche außerplanmäßige Arztkosten muss Amber Red selbst aufkommen (wahlweise durch einen Einsatz als Ponyreitpferd auf dem Stadtfest oder durch einen 400,- Euro-Job als Amateur-Kickboxer). Jetzt mal im Ernst: Muss ich DAS akzeptieren?

02.05.2012

Offizieller Protest: Wenn die Alte sich schon berufsbedingt nach Berlin verabschiedet, sollte sie wenigstens für eine Ersatz-Schreibkraft sorgen! Alle wollen wissen, wie es mir geht und vermuten schon das Schlimmste, und ich kann mich nicht mitteilen - Unverschämtheit!

Kurz zusammen gefasst: es geht wieder einigermaßen. Bis gestern gab es noch blöde Medis im Futter, die Schwellung lässt langsam nach und die Macken an Bein und Po sehen langsam wie die anderen coolen Kriegsverletzungen aus, die ich so mit mir herumtrage. Ich soll mich noch nicht aufregen, heißt es, und nicht schwitzen und nicht Vollgas geben. Haben sich Alte und Ersatz-Alte auch artig dran gehalten. Am Montag aber wurd es mir zu blöd. Hab dann beim Ausritt mit zwei Kollegen deren Abspacken genutzt, um einfach mal mit durchzugehen. Ergebnis: ich hab mich aufgeregt, geschwitzt und Vollgas gegeben. :-)

06.05.2012

Ja wie jetzt? Erst erzählt mir die Alte den ganzen Freitagabend, dass es jetzt das letzte Mal sei, dass sie mich während des ins-Gras-beißens wie einen Hund an der Leine halten muss. Weil es ja am Samstag endlich auf die Sommer-
wiese geht. Und dann? Taucht sie zwar gestern morgen auf,
bringt mich aber mitnichten auf die Wiese. Stattdessen
kommt sie mit Sattel und Co!

Gut, es hat wie blöd geregnet, aber das hat mich bislang
noch nie gestört. Jahrzehnte hab ich in Herten bei Regen
draußen gestanden. Und bei Eiswind. Warum nur geht das
nicht auch hier??

Ich werd's der Alten nicht vorhalten, weil sie eh im Moment
so viel von den guten, alten Zeiten spricht. Sie vermisst unsere Mittwochsausritte, Nachbarn mit apportierten Stofftieren im
Maul, Trecker-anbrüllende Bauern und Frikadellen mit Senf.
Und manchmal macht sie mir deutlich, dass sie ein schlechtes Gewissen hat, mich aus der der Riesen-WG geholt zu
haben. Deshalb bin ich also still. Aber trotzdem: dass wir
dann wieder die mit-Leine-auf-Gras-Nummer abgezogen haben, fand ich albern. Denn nass wurde ich dabei schließlich
auch....

08.05.2012

Gestern war die Alte noch gut gelaunt - ich fürchte, heute nicht so. Gestern nämlich schien die Sonne als sie kam, der meiste Dreck an mir war schon getrocknet und ging ganz gut ab und außerdem hatte sie die Rechnung von meinem Doc noch nicht. Heute hingegen scheint zwar auch die Sonne, aber leider ist inzwischen die Rechnung da. Und ich seh mich schon aufm Stadtfest kleine, schreiende Gören im Kreis herum tragen....

09.05.2012

Alles wieder gut! Wir hatten tatsächlich heute den ersten Freigang! Zwar nur in kleinen Gruppen (wobei meine "Gruppe" aus mir allein bestand) und auch nicht so wirklich lang, aber immerhin. Ohne Bewachung, Fußfessel oder Bewährungshelfer mal die Füße vertreten - es wurde echt Zeit! Und weil mich das ja ziemlich entspannt hat, war ich in der Zusammenarbeit mit der Alten abends dann auch sehr kooperativ! Und somit gab es für sie keinen Grund mehr zur schlechten Laune!!

10.05.2012

Hab gestern was vergessen. Werde jetzt eine Psychothe-
rapie beantragen. Die Alte hat auch schon ihre Genehmigung
erteilt, jedoch gesagt, dass der Vermieter dafür aufkommen
muss. Der ist nämlich schuld an meinem Zustand.

Da gehen wir nichtsahnend in unsere Körper-
Ertüchtigungs-Anlage und mir bleibt fast das Herz stehen!
Von innen sah man an der Eingangstür plötzlich ein gleißend
helles Brett! Also bitte, das muss doch nicht sein! Weiß ich
denn, ob es gefährlich ist? Dann hat mich die Alte davon ü-
berzeugt, dass es nicht beißt oder mich sonst wie anfällt. Gerade hab ich mich also dran gewöhnt, kommt der Vermieter
rein, macht an dem Brett rum und - plötzlich ist es pech-
schwarz!!!! Und stinkt nach Lack! Ich dachte, mich tritt ein
Pferd (schon wieder...). Die Alte nahm's mit Humor und Geduld, so dass ich irgendwann auch von der Ungefährlichkeit
des jetzt schwarzen Brettes überzeugt war. Und nun glaubt
es oder nicht: kommt doch der Vermieter noch mal rein, be-
schmeißt das Brett mit Hallensand und macht es somit hellbraun! Das war der Moment meines Nervenzusammen-
bruchs! Diese Therapie zahlt mir doch jede Kasse, oder?

16.05.2012

Mach mir etwas Sorgen um die Alte. Vorgestern kam sie total erschöpft abends hier an. Prima, dachte ich, das gibt sicher ´n Ausritt ganz allein. Denn normalerweise macht sie das immer an den Tagen, an denen sie entnervt von dieser seltsamen Institution kommt, die sie als Arbeit bezeichnet. Stattdessen zog sie mich nur bis zur nächsten Bank, ließ sich nieder und machte: nichts! Sie sei zu platt, um auch nur den Sattel rauszuholen, erklärte sie mir. Offenbar sind alle vier Kollegen, mit denen sie sich sonst die Arbeit "teilt", seit geraumer Zeit krank. Oder aktuell im Urlaub. Und so langsam zerrt das an ihren Nerven.

Und gestern dann der Gau: sie ging mit einer Entzündung zum Zahndoc und kam mit einem Backenzahn weniger wieder raus! Oh Mann, hätte doch der sexy Doc bei ihr auch mal geraspelt. Vielleicht hätte sie sich die Aktion dann sparen können. Jedenfalls hat sie mir Lawmans Chefin Anne geschickt, zur Kontrolle, ob noch alle Beine dran sind, ich nirgendwo blute oder sonst irgendein Unsinn war. Heute kommt dann aber die Alte selbst wieder. Werde mal besonders nett sein - vielleicht hilft´s!

21.05.2012

Das Problem mit meinem Alter ist, dass ich zunehmend Dinge vergesse. Eben lese ich, dass ich neulich versprochen hatte, der Alten einen stressfreien Abend zu bereiten. Hab ich wohl vergessen, bis sie dann endlich kam...

Na ja, ganz so schlimm war's aber nicht. Der Rest der letzten Woche gestaltete sich ganz angenehm. Verbringe die Tage mit der Haflingerbraut im Garten (oder besser: auf dem Gras-Buffet) und wurde arbeitstechnisch nicht ganz so gefordert. Samstag waren die Alte und ich allein im Wald. Das mach ich ja prinzipiell ganz gern, blöd waren nur die ekeligen Viecher, die an feinen Fäden von den Bäumen herunter hingen. Die Alte hat sich dauernd durch die Haare gewischt und ich hatte die Drecksdinger ständig in der Nase. Wusste immer schon, dass große Nasenlöcher durchaus Nachteile mit sich bringen!

Gestern dachte ich dann, man hätte mich komplett vergessen, aber siehe da: kurz vor Feierabend kam die Chefin dann doch noch angehetzt. Und obwohl ich eigentlich komplett gegen Arbeit nach offiziellem Feierabend bin, war die halbe Stunde Bewegung nicht schlecht. Hatte nämlich ziemlich viel Luft im Bauch... Und als die Alte dann schon fast grün im

Gesicht war (von wegen komischer Geruch und so), ließ sie mich dann auch in Frieden.

22.05.2012

Oh Mann, ich hätte es mir ja denken können. Kaum ist es warm, kommt die Alte mit der Shampoo-Pulle um die Ecke! Ich weiß, dass sie sagt, das müsste einmal im Jahr so sein, aber weil doch Schaltjahr ist... Ich hab es erst mit Stepptanz versucht, dann mit Vorderhandwendungen (dafür werd ich sonst immer gelobt) und schließlich mit Kniebeugen. Das war dann der Moment, als mir die Alte eine gepfeffert hat (Tierschutz, bitte mitschreiben!). Also Aufgabe meinerseits. Trost: zu dem Zeitpunkt war sie schon doppelt so nass wie ich :-)

Nun gut, jetzt bin ich das, was sie sauber nennt. Und als Zugabe entfernte sie mir das völlig lästige Zeckenvieh, das sich in meiner Brust bereits eine Höhle gebaut hatte. Creme zum Desinfizieren, Creme gegen die Schwellung, Abendessen, ab ins Bett!

23.05.2012

Hab gestern gedacht, ich nehme der Alten mal die Arbeit ab. Zum einen hab ich mich auf der Wiese in der prallen Sonne gerade so viel bewegt, dass Hals und Brust schön nass waren und es aussah, als hätte ich mein Sportprogramm bereits hinter mir. Zum anderen hab ich auch die Wellness-Abteilung bereits besucht, bevor sie da war. Eine schöne, grüne Schlammpackung an der Gesäßmuskulatur. So, und was ist passiert? Sie kommt und findet das überhaupt nicht gut! Im Gegenteil: der Schlamm wurde entfernt und Sport (in immer noch praller Sonne) gab es obendrauf. Wie man's macht, macht man's falsch....

29.05.2012

Was für ein nettes Wochenende! War alles dabei. Am Freitag ist die Alte allein mit mir in den Wald und war plötzlich total aus dem Häuschen. Hab zwar nicht verstanden, was an zwei riesigen Greifvögeln, die neben uns in die Luft stiegen, so toll sein soll, aber bitte. Hauptsache, sie hat gute Laune.

Samstag dann trotz gewerkschaftlich-bedenklicher Temperaturen Arbeit im Innenstudio. Ich hab dreimal gefragt, ob sie das ernst meint, danach hab ich´s geglaubt. Zur Belohnung dann eine Runde ums Buffet. Also eigentlich um die große Wiese, die für unser Abendessen gedacht ist, aber die ist dankenswerterweise so hoch, dass ich im Durchlaufen nur die Zähne auseinandernehmen musste...

Sonntag dann Überraschung. Die Zweibeinerin von Nobel holt mich raus und ich denke natürlich, dass sie mich in den Garten bringt. Pustekuchen. Stattdessen: Sattel, Trense und ab an die Arbeit! Ja, darf das denn jetzt jeder? Jeder nun wirklich nicht - sie aber in der Tat schon (hab einen neuen Arbeitsvertrag von der Alten bekommen und da stand´s drin).

Na ja, beim 1. Mal hab ich sie größtenteils verschont mit der Trickschublade. War aber auch prima, denn außer ihr kam sonst niemand mehr. Und gestern dann stand die Alte wieder auf der Matte. Ihr war aber zum Glück nur nach Ausflug in den Wald und somit hatten wir einen echt entspannten Nachmittag. Abgesehen von der Schrecksekunde, als sich - wie aus dem Nichts - eine weiße Blume neben mir materialisierte... Hab´s überlebt.

30.05.2012

Blöd. Bin ein bisschen krank. Beim Atmen mach ich Geräusche wie Darth Vader und sobald ich eine Weile arbeite, fängt der Husten an (NEIN, das ist diesmal kein Trick). Die Alte sagt, dass ist die doofe Allergie, von der wir ja schon dachten, ich hätte sie in Bad Sprockhövel nicht mehr. Immerhin gab es dann den leckeren Hustensaft. Werd wohl ein paar Tage etwas kürzer treten müssen - wie schade...:-).

12.06.2012

War ein wenig busy in den letzten Tagen und hatte kaum Zeit für Tagebücher. Immerhin will eine Riesenwiese mit 90 Zentimeter hohem Gras von mir fast allein vernichtet werden. Das kostet Zeit und macht außerdem völlig fertig.

Fertig war auch die Alte am Freitag. Erst entdeckte sie eine Zecke in meinem OHR (!). Und eigentlich bin ich ja geduldig beim Entfernen der Drecksviecher, aber im OHR??? Das tat echt Hölle-weh! Zwei weitere Zweibeiner mussten mich in den Schwitzkasten nehmen, so hab ich mich gewehrt. Als das vorbei war, fand sich eine Art Wasserballon zwischen meinen

Vorderbeinen. Hing da einfach so an der Brust herunter. Tat nicht weh, machte die Alte aber schwer nervös. Und da wir ja immer noch nicht alle Ärzte aus der Gemeinschafts-Praxis kennen, rief sie dort an. Dieses Mal kam "die Neue". War ganz nett, zumal sie original nix mit mir gemacht hat. Ist wohl eine Bluteinlagerung, verursacht durch einen Stich oder Biss, die von allein wieder weg geht. Ich war erleichtert, die Alte allerdings schimpfte rum: Fußball verpasst, zwei Stunden umsonst gewartet, teure Anfahrtskosten für nix... Der Rest entwickelte sich zu einem Blablabla, das ich ja ohnehin nicht verstehen muss.

27.06.2012

Nach anderthalb Wochen voller Faulheit und etwas Ar-beitsverweigerung (die Ersatz-Alte hatte mich fast nicht mehr lieb) hab ich gestern meinen Augen nicht getraut. Da kommt doch am frühen Abend eine Frau rein, die der Alten total ähn-lich sieht. Ich denk, wie schön, aber sie kann es ja nicht sein. Schließlich ist sie ja kommentar- und grundlos vor einer Weile von der Bildfläche verschwunden. Dann aber öffnet die "Zwil-lings-Alte" meine Tür und fällt mir um den Hals. Einmal kurz genau geguckt und siehe da: sie war es doch! Ich kam aus dem Grummeln gar nicht mehr raus. Ist ja immer so, wenn man jemanden eine Weile nicht gesehen hat, erinnert man sich nur an die positiven Seiten.

Und damit die Stimmung positiv bleibt, musste ich auch nichts anstrengendes machen. Stattdessen: ein Ausflug in den Busch. Nur die Alte und ich. Sie übrigens in Turnschuhen! Und somit ohne Argumentationshilfen. Aufgrund meiner guten Laune aber kein Problem. Problematisch waren nur die vielen kleinen Tümpel in der Mocke auf dem Weg. Mal im Ernst: Mocke ist doch zum Reinlegen gemacht und nicht zum Durchlaufen. Das ruiniert mir doch die Nägel! Jedenfalls war es ein toller Abend - abgesehen von den etwa 17 Bremsenstichen.

29.06.2012

Großes Kino gestern. Die Alte kam, holte mich aus dem Knast und fing auch gleich an mit der Fußpflege. Plötzlich rennt wie vom Affen gestochen Kollege Fancy an unserem Flur vorbei - ohne Halfter, ohne Strick und ohne seine Alte im Schlepptau. Ich denk noch "Darf der das?", als die Alte mich schon zum Stillstehen verdonnert und raus geht. Dort traf sie auf den Mann von Fancys Alten, der etwas verwirrt fragte, was genau er jetzt tun müsste. Meine Alte ergriff die Initiative, ordnete an, dass er bei mir stehen bleiben soll (als wäre das nötig!) und verfolgte Fancy. Der war mittlerweile auf einer der zahlreichen Wiesen angekommen und absolut nicht willens, wieder in seine Bude geleitet zu werden. Wie die Alte mir später erzählte, buckelte er wie ein Irrer von einer Wiese zur nächsten, und tat so, als hätte er seit mehreren Jahren keinen Ausgang gehabt. Geduldig ließ sie ihn gewähren und irgendwann, als der Hunger den Bewegungsdrang besiegte, gelang es ihr auch, ihn wieder einzufangen. Was für ein Blödmann! Wenn er doch die große Freiheit genießen will, sollte er doch besser vom Hof runter auf die Wiese gegenüber rennen. Da würde die Alte vermutlich heute noch hinter ihm her jagen.... Nu isser wieder in Gefangenschaft und wundert sich über den Muskelkater. Tsss.

01.07.2012

Die Alte hat mich verhauen - und ich fand's gut! Wir haben uns nämlich am Samstag zusammen mit Rusty nebst Chefin in den Busch gewagt. Leider war ich vorher schon ver-schwitzt, weil ich unverschämterweise als allerletzte von der Wiese geholt wurde und dementsprechend 15 Minuten im Kreis gerannt bin. Und dieser Schweißgeruch hat offenbar alle Bremsen des Ennepe-Ruhr-Kreises dazu bewogen, sich auf mich zu stürzen (trotz vorhergehender Einsprühaktion mit Anti-Viech-Spray). Überall hatte ich die Drecksviecher kleben. Die Alte hat von oben eines nach dem nächsten erschlagen und wurde zum Dank auch gleich zwei Mal gestochen!

Was lernen wir? Manchmal, aber nur manchmal, haben Pferde ein kleines bisschen Haue gern...*sing*

23.07.2012

Lange nix von mir lesen lassen. Hat mehrere Gründe. Die Alte war eine Weile krank, das Wetter löste Depressionen bei mir aus und eigentlich ist auch nicht so viel passiert in letzter Zeit. Spannend war der Besuch der Waage vor zwei Wochen. Habe jetzt 430 Kilo und die Alte flippte schier aus vor Freude. Fand mich nämlich vorher viel zu dünn. Weiß gar nicht, was sie hat: würde sie mich mehr mit leckeren Dingen vollstopfen und dafür weniger bewegen, kämen locker noch ein paar Kilo mehr drauf...

Apropos: Bewegung verschaffe ich mir momentan alleine. Zu meinem absoluten Unverständnis ist meine Gras- und Gartenpartnerin seit zwei Wochen spurlos verschwunden (man munkelt was von Urlaub, aber bitte: sie ist ein PFERD!). Und wenn ich etwas wirklich hasse, dann ist es Einsamkeit auf der Wiese. Also renne ich wie eine Gestörte am Zaun auf und ab, in der Hoffnung, ich werde erlöst. Einzige Konsequenz: mir ist die Füllung aus einem der Spezialschuhe abhanden gekommen. Nun gut, brauchte eh neue Schuhe.

Gestern kam die Alte mit Besuch. Und als ich die Größe der Besucherinnen registrierte, war mir gleich klar: das wird ein angenehmer Nachmittag. Beide Mädels hätten locker unter mir her laufen können. Will heißen: Ponyreiten war angesagt. Da die zwei weniger wogen als mein Sattel, kam es somit gepflegtem Nichtstun gleich. Dachte ich. Dummerweise war die Alte der Meinung, ich müsse im Anschluss noch ein wenig alleine durchs Sportstudio rennen. Erst hab ich ihr eins geschi..., dann aber doch nachgegeben. Kann ihr halt nichts abschlagen.

25.07.2012

Nette zwei Tage liegen hinter mir. Am Montag war ich mit der Alten, Lawman und seiner Ersatz-Alten im Hackstück-Wald. Ursprünglich hatte mir der Name etwas Angst gemacht - ich sollte einfach weniger Horror-Trash-Grusel-Filme gucken. Inzwischen weiß ich aber, dass nicht hinter jedem Baum der Mörder mit der Axt steht. Somit konnte ich es auch genießen. So sehr, dass die Alte von meiner Trödelei irgendwann ein wenig genervt schien.

Zu meinem großen Glück hat sich auch Lawman geweigert, durch den reißenden Fluss zu gehen, so dass wir diesen Teil der Strecke geschickt umgangen sind. Schade war nur, dass die Alte meinem Drang, über das einzige Stoppelfeld auf der Tour zu rasen, nicht nachgeben wollte. Sagte was von "eine Stunde lang rumtrödeln und dann bergab über ein Feld rennen - du hast sie wohl nicht alle!".

Gestern dann war uns beiden viel zu heiß - somit bekam ich eine extrem angenehme Dusche und eine Sandpackung obendrauf! Kommentar der Alten: "In meinem nächsten Leben werde ich Pferd bei mir selbst!"

31.07.2012

Zwei Dinge beunruhigen mich. Zum einen waren gestern schon wieder zwei Zwerge zum "Ponyreiten" da. So ganz langsam beschleicht mich der Verdacht, dass die Alte jetzt ernst macht und ich mir meinen Lebensunterhalt zum Teil tatsächlich selbst verdienen soll. Ich hab zwar nicht gesehen, dass sie bezahlt wurde, aber wer weiß?

Zum anderen stimmt was mit meinen Zähnen nicht. Schon wieder. Ich hab echt Schwierigkeiten, die Berge von Heu zu verarbeiten, die mir immer ordnungsgemäß in die Wohnung geliefert werden. Inzwischen spucke ich sogar schon kleine Kügelchen aus. Oder werd ich jetzt zum Wiederkäuer? Die Alte hat´s jedenfalls auch bemerkt und ich schätze das bedeutet einen erneuten Besuch vom Sexy Doc.

20.08.2012

Sorry, aber in letzter Zeit war mir wirklich zu warm. Und die
Alte ist auch nicht unbedingt eine Hilfe. Nun war sie gerade
auf dem Trip, wieder öfter den leichteren Sattel zu benutzen.
Und hat sogar bei der Tochter vom Vermieter eine Unter-
richtsstunde geordert!! Ich hab schon überlegt, wie ich aus
der Nummer herauskomme, da teilt sie mir mit, dass die Aktion erst einmal verschoben ist. Wegen erneuter Migräne-

Attacken. Zwei Gedanken kamen mir nahezu gleichzeitig: 1.) die Arme tut mir leid und 2.) super Ausrede, merk ich mir fürs nächste Mal!

22.08.2012

Was war das denn gestern?? Dass die Alte jetzt ab und zu den leichten Sattel nimmt, hab ich ja schon erwähnt. Wundert mich auch nicht mehr weiter. Gestern aber sind wir nicht nur mit dem leichten Zeug in die Sportanlage gegangen, sondern wurden dabei auch noch von der Vermieter-Tochter verfolgt. Als sie dann anfing, der Alten zu erklären, wie man mich am besten zu flotter Bewegung anspornt, wusste ich: das wird kein Spaziergang heute! Reicht es denn nicht, dass die Er-satz-Alte dauernd neue Tricks lernt? Sollten die Zeiten etwa vorbei sein, in denen die Alte hauptsächlich "Spaß" mit mir haben wollte??

Fast eine Stunde ging das gestern und wir waren beide völlig fertig anschließend. Das hat doch mit Spaß nix mehr zu tun! Und die Alte? Strahlt übers ganze Gesicht und duscht vor lauter Übermut nicht nur mich nach der Arbeit, sondern sich selbst gleich mit. Die hat sie doch nicht mehr alle! Wie ging der Trick mit der Migräne???? Erwarte dringend Eure Ideen!

27.08.2012

Hui, die Alte war ganz schön fertig am Wochenende. Sie hatte nicht gewusst, dass die Chefin der Haflinger-Braut bereits Anfang August unsere Gartenanlage gesäubert hatte und sie somit schon längst wieder dran war. Als sie es Freitag erfuhr, war die Laune schon nicht besonders gut. Und weil beinahe alle Chefs meiner Mitbewohner kollektiv durchdrehten und meine Leidensgenossen anmalten und/oder verkleideten, überredete sie mich zu einer Alleine-Tour durch den Wald. Hilft ja eigentlich bei der Verbesserung der Stimmung.

Leider aber blieb ich fast in einem Stacheldraht hängen, der auf dem Boden lag (von dem offenbar fast jeder wusste, nur die Alte nicht). War also nix mit Entspannung. Auf dem Rückweg hatte ich dann die Begegnung der dritten Art. Eines dieser kleinen, rundlichen Tiere mit enormem Haarwuchs stand am Wegesrand. Freundlich, wie ich bin, hab ich es intensiv und nett angesehen. Und was macht das Ding? Stößt unvermittelt ein lautes "Mäh"-Geräusch aus! Ich hatte fast 'n Herzriss!

Soviel also zum Freitagabend. Samstag dann brachte die Alte ihren langhaarigen Mann mit, der leichtsinnigerweise gesagt hatte, er könne wohl helfen beim Säubern der Gartenanlage. Anderthalb Stunden und drei (!) riesige Schubkarren voller Äppel später waren beide völlig platt! Dummerweise hat es die Alte nicht davon abgehalten, noch eine gute halbe Stunde mit mir das Sportprogramm abzuhalten. Woher genau nimmt sie denn die Kraft im Moment??

04.09.2012

Gähn... Noch müde. Kein Wunder bei dem Programm der vergangenen Tage. Alte und Ersatz-Alte glänzten zunächst mit Abwesenheit, hatten aber für Bespaßung meinerseits gesorgt. Weil die Alte am Dienstag zwei Spritzen in den Hinterkopf bekommen hat (so blöd möcht ich sein...), hat sie mir die Chefin von Nobel zum Betüddeln geschickt. Mittwoch kam die Ersatz-Alte, verzichtete aber zu meiner Freude aufs eigentlich zugesagte Trainingsprogramm mit der Vermietertochter. Donnerstag und Freitag dann die Überraschung: die Chefin von Fancy stellte sich als "die jetzt Zuständige" vor. Aber nicht nur zum "gucken, ob noch alle Beine dran sind", nein, nein. Stattdessen das Vollprogramm, mit Sattel und Arbeit. Donnerstag hab ich sie noch ausgetrickst (Schublade 16 fand ich angebracht). Nach 20 Minuten einfach Kopf und Hals gaaaaanz lang machen und somit die völlige Erschöpfung vortäuschen. Hat super geklappt. Freitag leider nicht mehr.

War aber trotzdem klasse, denn ich konnte feststellen, wenn ich nur im Schritt ordentlich vorwärts gehe, wird ansonsten nicht allzu viel verlangt :-)

Samstag dann "Besuch" von der Alten - aber Pause. Tja, und Sonntag sowie gestern war sie leider hoch motiviert. Somit hieß es wieder: effektives Treiben. Wie das nervt! Muss ich denn tatsächlich nach 22 Jahren jetzt in ALLEN Gangarten arbeiten? Werd mich noch mal mit der Gewerkschaft in Verbindung setzen.

28.09.2012

Danke der zahlreichen Nachfragen: mir geht´s gut. Also zumindest okay. Obwohl... Ich konnte eine Weile nicht über die Alte meckern, weil sie a) überhaupt nicht da war und b) niemand sonst mein Diktat fürs Tagebuch aufnehmen wollte (Frechheit beides). Offenbar brauchte sie "Urlaub" und somit war sie plötzlich für fast drei Wochen verschwunden. Die Ersatz-Alte blieb aber hier, womit ich wenigstens eine noch zum Ärgern hatte. Und das ist mir scheinbar auch gelungen...

Gestern dann tauchte die Chefin wieder auf, in leicht veränderter Hautfarbe, und bereitete mir einen angenehmen Nachmittag: wir haben im Sportstudio Fangen gespielt! Zum Dank hab ich sie geküsst - mitten auf den Mund! Fand auch der Vermieter schwer witzig!

Heute Früh allerdings verging mir die gute Laune schlagartig. Erst durften alle anderen nach drei Tagen Pause wieder in den Außenbereich - nur ich nicht! Ich dachte zunächst, es läge an meiner Pediküre (der Fußpfleger war nämlich da). Dann aber kommt die Alte um die Ecke. Mit einem fremden Kerl im Schlepptau, der wiederum jede Menge Geräte und Koffer schleppte. Der Rest des Vormittags versinkt ein wenig im Nebel... Ich weiß nur noch, dass der Fremde noch netter war als Sexy Doc. Also quasi ein Sexy Sexy Doc. Als ich wieder munter wurde, war er weg. Dafür hab ich jetzt irgendwas seltsames zwischen den Zähnen kleben. Soll wohl dabei helfen, dass ich aus dem Heu keine kleinen Kügelchen mehr forme, die ich dann durch die Gegend spucke. Aber sonst geht es mir recht gut. Sah auch die Alte und brachte mich endlich zur Kollegin in den Garten. Nu reicht es aber mit Besuchen für eine Weile. Nur der Fußpfleger, der darf gerne bald wieder vorbeischauen.

09.10.2012

Bin krank. Und die Alte hat auch nur drei Wochen gebraucht, um es zu merken.... Okay, sie war zwar eine Weile nicht da, aber trotzdem: wenn sie doch erfährt, dass ICH nicht arbeiten will, dann muss sie doch sofort wissen, dass was nicht in Ordnung ist. Oder?

Heute jedenfalls kam eine Frau Doc, die mich eigentlich impfen sollte. Nachdem die Alte aber erzählt hat, wie sehr ich mich derzeit verweigere (alle Viere in den Boden, wenn ich merke, dass es zum Sportstudio geht), wurde ich gründlichst untersucht. Fazit: Infekt. Erhöhte Temperatur, Geräusche in der Lunge, Schleim, das ganze Programm. Unschön: ich bekam etwa sechs Spritzen in den Hals. Schön: ich durfte dennoch anschließend in die Außenanlage. Schonung und Medizin sind angesagt. Ersteres nehme ich gerne....

11.10.2012

Haha, da soll noch mal einer sagen, im Alter würde man vergesslich. Ich hab auf jeden Fall nicht vergessen, dass Pulver-Medizin ätzend schmeckt. Und auch nicht, dass es ein Leichtes ist, sie aus dem Abendessen auszusortieren. Dreimal kräftig gepustet und schon waren Pulver und Futter artig getrennt. War also ein Super-Trick. Bis die Alte noch mal auftauchte (mit der ich nicht gerechnet hatte, weil ja schon die liebe Ersatz-Alte nachmittags bei mir war). Die packte eine meiner heißgeliebten Bananen aus und - jetzt kommt's - zog sie solange durch das Pulver, bis das ganze Zeug dran klebte. Toll, auf die Banane wollte ich aber auch nicht verzichten...

Heute morgen dann stand die Alte schon wieder auf der Matte. Und kurz nach ihr auch Frau Doktor. Die stellte fest, wie hübsch ich bin (erzähl mir was Neues....), verpasste mir aber dennoch drei weitere Spritzen. Ich war allerdings nicht lange sauer, denn zur Belohnung gab es endlich mal wieder diese leckere Rübenpampe, die ich schon nach meinem Klinik-Aufenthalt vor ein paar Jahren immer bekommen habe. Außerdem hat sich die Alte direkt danach auch verabschiedet, so dass einem entspannten Tag im Außenbereich nix entgegen stand.

29.10.2012

So ganz langsam geht mir mein Gesundheitszustand auf die Nerven. Der Infekt ist zwar so gut wie weg. Dafür aber hab ich so dermaßen abgenommen, dass ich fast so aussehe wie auf dem Foto unten. Okay, nicht ganz so dramatisch. Aber extrem rippig bin ich schon. Und weil es für die Modell-Karriere echt zu spät ist, nervt mich das. Hab nämlich festgestellt, dass man als dünnes Wesen viel mehr friert (jetzt kapier ich auch, warum die Alte immer noch so rund ist wie ich es früher mal war). Hinzu kommt, dass ich nach wie vor im Kreis rennen muss. Die Alte nämlich sagt, so lange ich so aussehe, kann sie nix anderes mit mir anstellen.

Nun gut, heute Morgen war Frau Doktor da (wo sind eigentlich all die sexy docs abgeblieben?), hat mir literweise Blut abgezapft und im Austausch irgendeine andere Flüssigkeit in den Hals gejagt. Die war allerdings nicht fürs Zunehmen gedacht, sondern gegen die klitzekleine Macke, die ich seit Freitag am Bein habe. Die Idee, rückwärts durch den Stromzaun zu rennen und mit selbigem ums Bein gewickelt dann über die Wiese zu jagen, war wohl nicht meine beste. Dabei hatte ich nur beweisen wollen, dass ich wieder andere Dinge kann als eben nur im Kreis zu rennen.

Jetzt warten wir ab, was mein Blut der schlauen Frau Doktor verrät, und dann sehen wir weiter. Hörte aber bereits, dass ich demnächst Maisflocken bekommen soll. Was immer das ist....

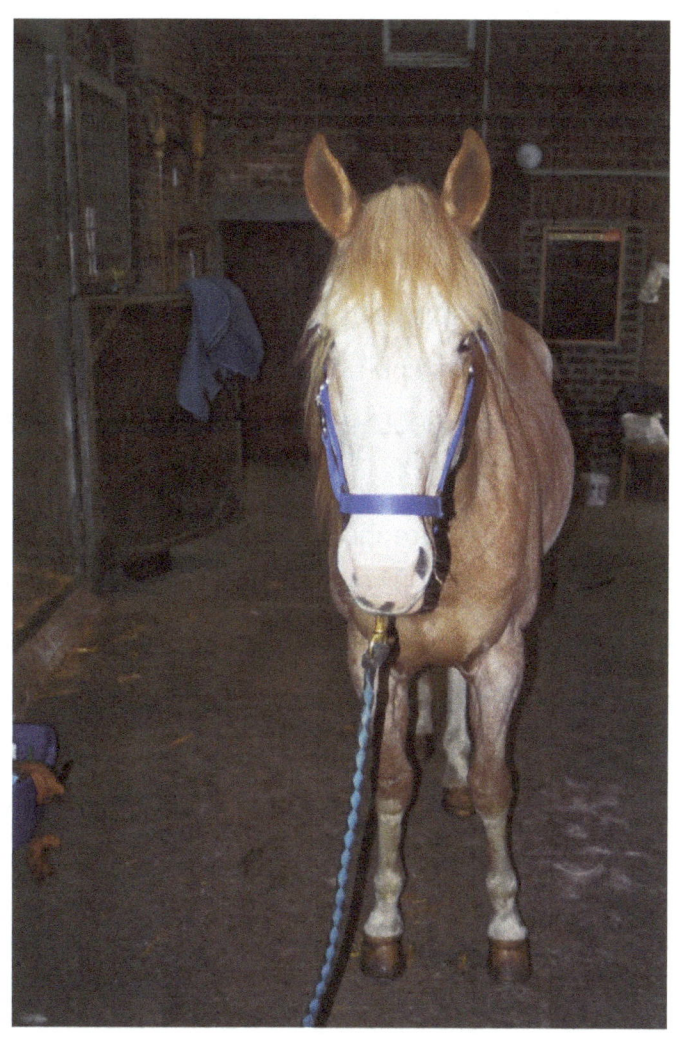

30.11.2012

Sorry, aber in letzter Zeit fehlte mir ein wenig die Kraft zum Diary-Diktat. Seit Wochen schon bin ich schlapp - den Ursprung hatte das Ganze in dem Infekt, den ich mir im September zugezogen habe. Nun bin ich wieder spindeldürr und hab - laut der Expertin, die mich am Montag in Augenschein genommen hat - überhaupt keine Muskeln mehr. Die Alte ist schwer traurig, hat aber versprochen, geduldig zu sein. Gestern war sie da und erzählte, dass sie am Tag zuvor unser altes zu Hause besucht hat. Frechheit! So gerne wäre ich mitgefahren (dafür hätte ich sogar dieses gefährliche Gefährt betreten, mit dem man mich schon das eine oder andere Mal irgendwo hin transportiert hat). Aber vermutlich war der Alten die Gefahr zu groß, dass ich mich anschließend weigere, wieder mit zurück zu fahren... Offenbar hatte sie selbst schon Schwierigkeiten. Ansonsten gibt es nicht viel zu berichten. Logisch, erleb ja derzeit nix.

04.12.2012

husttröchel Tschuldigung, mir kratzt es im Hals. Oder
besser: am Kehlkopf. Hat gestern Abend auch Frau Doktor
festgestellt und neue Medizin da gelassen. Mein Zustand
mache ihr Sorgen, teilte sie der Alten mit. Aber Geduld müssten wir haben. Ist nicht unser größtes Talent, aber wir bemü-
hen uns. Richtig erschrocken war ich jedoch, als mir die Alte
kund tat, dass sie sich noch ein weiteres Tier anschaffen will!
Auch eins mit vier Hufen. Ich dachte, ich flippe aus! Skeptisch
wurde ich dann aber, als sie sagte, dass der Neue keine Äppel, sondern Gold sch.... würde. Und dass sie ihn brauche,
um mich zu finanzieren. Haha, sehr witzig! Vorsichtshalber
war ich aber beim anschließenden Sportprogramm etwas
fleißiger als zuletzt....

05.12.2012

Klasse Tag gestern! Endlich durfte ich mal wieder in unse-
ren Garten. Dummerweise sind die Grünanlagen inzwischen
gesperrt und ich wurde in eine matschige Ecke weit weg von
allen anderen Bewohnern verbannt (darüber muss noch

gesprochen werden!). Der Matsch aber hat mich zur spontanen Wellness-Behandlung verführt. Rein in den Schlamm, raus aus dem Schlamm, rein in den... usw. Genial!

Als die Alte abends kam, hatte sie erst den Verdacht, ich sei gar nicht ich. Leider kratzte sie jedoch eine Weile an meiner grau-braunen Kruste herum und entdeckte darunter die echte Amber. Aus der Traum vom gemütlichen Feierabend. Das obligatorische Sportprogramm war dann aber gar nicht so dramatisch. Erfreulicherweise scheint sich der lästige Husten nämlich zu verabschieden und dafür ganz langsam die Kraft wieder zu kommen. Ich hatte sogar zwischendurch Lust, mal richtig Gas zu geben. Fazit: Alte glücklich, ich glücklich.

14.01.2013

Mir geht's besser, nun war/ist die Alte krank. Fängt prima an, das neue Jahr. Hatte aber schon ein paar spannende Tage. Also nicht die, die ich in meinem persönlichen "Alcatraz-Garten" verbringen darf. Aus mir unerklärbaren Gründen muss ich nämlich nach wie vor fernab von allen anderen im tiefen Matsch die wenigen Stunden Open Air "genießen". Mehrfache Ausbruchsversuche haben daran auch nix geän dert. Arbeite jetzt an einem neuen Plan...

Spannend ist es aber seit geraumer Zeit im Sportstudio. Unbekannte Wesen haben den Untergrund ausgetauscht. Der Boden ist so hell, dass ich zunächst versucht habe, ihn gar nicht erst zu berühren. Die Ersatz-Alte hatte ihre Freude.

Inzwischen tun sich dort auch mehrere Wellness-Matschlöcher auf, die ich aber nicht benutzen darf. Werde die Alte mal bezirzen - vielleicht darf ich ja doch, wenn keiner hinguckt.

Samstag wollte sie mit mir einen langen Spaziergang machen. So war zumindest die Ansage. Leider wurde nix draus. Kollege Fancy und seine Chefin sind nämlich mitgegangen und der Kasper meinte bereits nach ein paar 100 Metern, es sei sinnvoll, mal völlig auszuflippen. Hat bei seiner Toberei fast die Alte gekillt (sie stand im Weg). Also gingen wir kurzer Hand zurück und mussten unsere Runden im Außensportbereich absolvieren. Laaangweilig.

24.03.2013

Wochenlang konnte die Alte keine Notizen verfassen und somit auch mein wahnsinnig spannendes Leben nicht mehr mit der Öffentlichkeit teilen. Nachdem ich kurz davor war, mir eine neue Ghostriderin...äh...writerin zu suchen, scheint es nun wieder zu funktionieren. Dass man immer erst drohen muss.

Andererseits waren die letzten Wochen in Wirklichkeit gähnend langweilig. Fast täglich 22 Stunden im Einraumappartement eingesperrt. Einzige Abwechslung war die Frage, wer mich wohl gerade bespaßen kommt. Die Alte hat nämlich ziemlich nachgelassen. "Seminare geben in ganz NRW" war ihre - wie ich finde - schlechte Ausrede.

Das ist jetzt aber vorbei und zur Entschädigung kam sie vorgestern mit jeder Menge Zeug für mich. Sie hat wohl ´ne Zweitausbildung zur Shopping Queen hinter sich. Und gemacht hat sie die auf der alle zwei Jahre stattfindenden Mega-Messe für Pferde. Da gehen die Zweibeiner offenbar extrem gerne hin und geben Unmengen an Geld für Dinge aus, die wir angeblich unbedingt brauchen.

Nun gut, jetzt wo ich wieder echt chic aussehe, könnte mal langsam die Außensaison anfangen. Will heißen: ICH WILL

RAUS!!!! Diese Kälte- und Schnee-Nummer geht mir tierisch auf den Huf! Gestern Abend durfte ich mich im Sportstudio alleine austoben - und das hab ich getan, aber hallo! Wohin auch sonst mit der überschüssigen Energie? Werd die Alte gleich mal fragen, ob es heute zur Wiederholung kommt. Wenn schon sonst kein Auslauf...

25.03.2013

Das ist ja wohl unerhört!! Hab ich gestern noch gesagt, dass ich jetzt chic aussehe? Und dass ich tolle Dinge von dieser Mega-Messe bekommen habe? Jetzt seht Euch bitte das mal an!

04.04.2013

Irgendwas ist komisch. Bin so unruhig, flatterhaft. Die
Jungs in der WG sehen alle irgendwie attraktiver aus als
sonst. Selbst mit dem Nachbarn möchte ich kuscheln. Hinzu
kommt, dass ich kiloweise Haare verliere. Die Alte befürchtet
schon, dass ich nach dem nächsten Putzen nicht mehr da bin
(vielleicht sammelt die Ersatz-Alte ja deshalb immer all meine
Haare in den Bürsten....). Nun ja, all das wäre eigentlich nicht
seltsam, wenn nicht gleichzeitig draußen sibirische Verhältnisse herrschen würden! Werde mal bei der Gewerkschaft
nachfragen, was eigentlich aus meinem Anspruch auf FRÜH-
LING geworden ist!!

09.04.2013

Hey, neues aus der Trickkiste für ganz Faule. Nachdem
ich bei der Ersatz-Alten am Sonntag ganz artig gearbeitet
habe, hatte sich für gestern ja wieder die normale Alte angesagt. Da sie mich mittlerweile zu gut kennt, um auf die Tricks
1 - 34 herein zu fallen, hab ich was neues ausprobiert.

Man lege sich nachts geschickt auf die Vorderbeine nebst Schuhen und warte ab. Das Ergebnis: zwei Beulen unterm Bauch - genau da, wo theoretisch der Sattelgurt hin gehört. Prima: die Alte jammert was von "Beulenpest" und die Sportstunde fällt aus! Okay, die Salbe, die sie mir drauf schmierte, war a...kalt, aber das verkrafte ich locker. Sollte ich eigentlich Geld nehmen von den WG-Kollegen für diese Tipps??

17.04.2013

Huch, was war das denn gestern? Eben noch lauf ich wie blöd in meinem Alcatraz-Garten (wenn man den Acker denn als Garten bezeichnen möchten) hin und her, da plötzlich find ich mich liegend und klatschnass in meinem Appartement wieder. Mir war total plümerant, selbst das Essen auf Rädern hat mich nicht zum Aufstehen bewegt. Der Vermieter blieb unbeeindruckt, die Alte hingegen bekam einen mittleren Panikanfall, als sie gute drei Stunden später erschien. Hochscheuchen ließ ich mich ja noch von ihr, den angebotenen Apfel musste ich ihr aber leider vor die Füße spucken. Und was war der Dank? Dass eine Stunde später ein neues Fräulein Doktor auftauchte, unangenehme Untersuchungen durchführte und mir eine Nadel in den Hals rammte. Mein Protest hielt sich jedoch in Grenzen, denn tatsächlich ging es mir anschließend etwas besser. Was aber blöd war, denn aus mir völlig unerklärlichen Gründen nahm mir die Alte die Hälfte vom Futter weg und brachte noch nicht mal die leckeren Cornflakes vorbei! Frechheit. Stattdessen bekam ich einen längeren Vortrag im Sinne von "Nach Wurmkur der Ersatz-Alten erklären, dass das volle Sportprogramm keine gute Idee ist....nach dem Impfen nicht schwitzen.... Alcatraz hinnehmen, ohne zu rennen...zur Strafe morgen drin....". Klasse. Hab doch morgen Geburtstag!

PS: Der Vermieter ging uns den Rest des Abends vorsichtshalber mal aus dem Weg. Hat wohl seine Ignoranz meines Zustands gegenüber bereut…

02.05.2013

Seit ein paar Tagen erst bin ich 23 und schon setzt der Altersstarrsinn ein. Oder eine Art von Demenz, so genau weiß man es nicht.

Es ist ja so, dass sich die Älteren unter uns eher an das erinnern, was lange zurück liegt. Und dafür das jüngst Gelernte vergessen. Das ist es wohl, was mir am Dienstag passiert ist. Die Alte ging mit mir auf den Platz und genau in dem Moment schossen mir seltsame Erinnerungsfetzen durch den Kopf. Wie war das noch, als ich etwa 2 war? Ich hatte Kraft, Energie, keinerlei überflüssige Erziehung. Und als sich die mir plötzlich Fremde dann auf meinen Rücken schwang, war es vorbei! Ich WAR tatsächlich wieder 2! Und welches zweijährige Pferd lässt sich einfach so reiten? Meine amerikanischen Gene taten ein übriges und somit ging es in allerbester Rodeo-Manier kreuz und quer über den Platz!

Links, rechts, buckeln bis der Arzt kommt, rechts, links, wieder buckeln. Alles geben, bis das lästige Gewicht im Dreck liegt. Blöd nur, dass das Gewicht NICHT im Dreck landete, sondern beharrlich auf meinem Rücken blieb. Also 30 Sekunden Frieden vortäuschen und auf ein Neues! Jedes Kaninchen wäre erblasst vor Neid ob meiner Bewegungen. Aber wieder ohne Erfolg.

Stattdessen Ortswechsel und ab ins innere Sportstudio. Hier hab ich zwar auch noch ein paar Minuten Vergangenheitsbewältigung betrieben, dann ging mir allerdings die Puste aus. Und ganz plötzlich fiel es mir wieder ein: ich bin 23, gut erzogen und eigentlich viel zu faul für unkontrollierte Bewegungen...

14.05.2013

Puh, was für aufregende Tage! Fing vergangene Woche damit an, dass plötzlich und sehr überraschend die Sommer-saison eröffnet wurde. Heißt: ab auf die saftigen Wiesen. Also die anderen Mitbewohner. Ich irgendwie nicht. Weil weder Alte noch Ersatz-Alte an besagtem ersten Tag da waren. Man hatte ihnen zwar nix von dem Termin mitgeteilt, aber dennoch stellte sich der Vermieter gnadenlos stur. Zitat: „Wer nicht da ist, hat Pech gehabt!". Mir wurde zugetragen, dass meine Zweibeiner komplett ausgerastet sind, als sie davon erfuhren.

Am Tag drauf durfte ich zwar raus, aber zu meinem fas-sungslosen Erstaunen nicht zu den Mädels in die Gruppe, sondern dafür ganz alleine in eine Art „Sommer-Alcatraz". Also mit ein wenig Gras unter den Hufen, eingezäunt auf et-wa 10 Quadratmetern! Mehrere Ausbruchsversuche scheiter-ten kläglich.

Während ich demnach den anderen beim Toben, Schmat-zen, Kauen zuschauen musste, wurde die Alte schwer aktiv. Freitag trug sie unzählige Dinge an meinem Appartement vorbei in ihr Auto und ich dachte schon, sie würde mich verlassen. Erleichterung am Samstag. Sie kam wieder. Mit ihrem Alten und meiner Ersatz-Alten. Das war ein bisschen viel der alten Menschen...

Dann der Horror: Eines der Autos mit dem unheimlichen Kasten hintendran kam angefahren. Als mich anschließend die nette Zweibeinerin Sabine (Fancys Chefin) aus meiner Wohnung holte, war mir sofort klar: ich soll da rein! Denn wenn die Alte anwesend, mich aber wer anderes an der Strick nimmt, kann das nur das Eine bedeuten. Die Alte selbst hat nämlich nach jahrelanger Erfahrung absolut nicht die Nerven für eine Diskussion mit mir vor dem Horrorkasten!

Eine halbe Stunde lang hab ich also versucht, Sabine zu erklären, dass da hundertprozentig Aliens drin sind. Dann aber hat sie mich vom Gegenteil überzeugt (außerdem wollte ich nicht, dass die Alte noch mal zehn Kippen raucht) und somit ging ich todesmutig rein.

Das Ding setzte sich in Bewegung, ich stellte die Atmung ein und konzentrierte mich stattdessen aufs Profi-Transpirieren. Nach einer Viertelstunde Wackelei und drei verlorenen Litern Schweiß waren wir angekommen. Ein Bauernhof, ähnlich wie zuvor. Wiesen, Appartements, leider auch ein Sportstudio.

Erst war ich mir nicht ganz sicher. Ist es eine Art Sex-Tourismus, wie ich ihn ja schon einige Male erleben durfte? Genug Männer waren jedenfalls da. Oder soll ich hier den Kollegen beibringen, wie man sich erfolgreich vor der Arbeit drückt und auf Einhaltung der Verträge pocht? Oder wohn ich hier jetzt etwa??

Nach mittlerweile vier Tagen bin ich sicher: wir wohnen jetzt hier. Denn auch, wenn drumherum noch alles neu und spannend ist, Alte und Ersatz-Alte machen komplett auf Routine. Sogar arbeiten musste ich schon! Na ja, ich nehme es hin. Dafür bekomm ich meine Essensrationen in so´m spannenden Netz vor die Nase gehalten und hab auch wieder ein echt netten Nachbarn. Stammt aus dem Volke der Tinker, hat er mir erzählt. Bin schwer gespannt, wie es hier weitergeht. Die Alte auch. Sie hat sich mit diesem Umzug schwer getan, sagt aber, es sei nur zu meinem Besten und schon bald dürfte ich endlich wieder mit mehreren Kollegen in einen riesigen Garten – und das ganzjährig! Allerdings hätte sie gerne ein paar der Ex-Kollegen mitgenommen (zwei- und vierbeinige). Weil das aber nicht geht, ist sie noch ein kleines bisschen traurig, hat sie mir erklärt. Somit geb ich jetzt alles, um sie aufzuheitern.

29.05.2013

Spannende zwei Wochen liegen hinter mir (und die Alte schmeißt gleich ihren Rechner aus dem Fenster, weil er für jedes von mir diktierte Wort eine Minute benötigt!!!). Ich wohn ja nun in einer neuen Anlage für meinesgleichen. Nach und nach hab ich schon fast alles kennen gelernt: das Sportstudio (kleiner als das alte, aber leider auch fürs Training gedacht), die hiesigen Vermieter (machen mein Bett und sorgen gut fürs leibliche Wohl) und natürlich auch meine Mitbewohner. Der direkte Nachbar ist ein adrett aussehender Junggeselle, der mir allerdings regelmäßig meine Decke von der Garderobe vor meiner Haustür klaut. In den ersten Tagen hab ich ja geglaubt, ich sei auf einer Art Sex-Tourismus unterwegs. Aber so sehr ich den Kerlen hier auch schöne Augen gemacht hab - keine Chance. Den Plan gab ich also auf.

Von daher spielt sich so langsam der Alltag ein. Seit Samstag jedoch hat mir die Alte meinen schönen Privatgarten weggenommen und mich stattdessen doch tatsächlich zu ANDEREN VIERBEINERN (!!) auf die Außenanlage gestellt!! Anfangs hab ich gar nicht kapiert, dass da kein Zaun zwischen uns war. Wann hatte ich das denn zuletzt, dass ich KONTAKT zu anderen aufnehmen durfte? Noch dazu ist eine von den anderen vier Weibern gar nicht nett zu mir. Mobbing heißt das wohl bei den Zweibeinern. Aber mittlerweile hab ich ja einiges an Alter und Erfahrung auf dem Buckel. Immer nur Chef ist auch langweilig. Somit geh ich dem Ärger wirklich und wahrhaftig aus dem Weg! Und siehe da: es scheint zu fruchten. Die eine oder andere kommt langsam näher und ich gewöhn mich auch wieder an die Gesellschaft. Die Alte jedenfalls ist total glücklich, dass ich - wie sie sagt - wieder normal zu sein scheine. Und wenn sie glücklich ist, na ja, ihr wisst ja...

04.06.2013

Hey, hab die Alte lange nicht so happy gesehen wie gestern Abend. Gegen halb 7 taucht sie nach ein paar Tagen endlich mal wieder auf und ist zunächst überrascht, mich noch auf der Außenanlage anzutreffen. Klar, das hat es ja ewig nicht gegeben, dass ich um eine solche Uhrzeit noch nicht im Appartement bin. Als nächstes sieht sie dann, dass die schimmelige Angeberin, die mich in den ersten Tagen so gemobbt hat, ganz friedlich in meiner Nähe steht. Langsam klappt ihr also die Kinnlade herunter. Und als ich ihr dann auch noch erkläre, dass ich mich wohl fühle, und noch gar nicht unbedingt "erlöst" werden möchte, strahlt sie endgültig wie ein Endlager! Sie ist also zufrieden - und ich bin es auch. Wenn ich jetzt noch für ein halbes Stündchen zu dem Char-meur von der Nachbarwiese dürfte, wäre die Welt komplett in Ordnung!

14.06.2013

Heute nur ganz kurz. Hab festgestellt, dass ich gar kein Killer-Pony bin. Kann tatsächlich mit vier weiteren Damen den ganzen, langen Tag verbringen. Und zwar so harmonisch, dass ich selbst abends um 8 noch nicht in meine schöne Wohnung möchte!

07.07.2013

Langsam kommt die Kraft zum Diktieren wieder, deshalb endlich eine Wasserstandsmeldung vom Krankenbett. Was soll ich sagen? Seit Monaten (!) schon hat sich in meinem Dünndarm was zusammen gebraut. Es zwackte und zwickte und wirklich wohl war mir nicht. Da ich aber zu den Harten im Garten zähle, habe ich die Zähne zusammen gebissen, und die Alte besser mal nicht informiert. Vor zwei Wochen aber ging es einfach nicht mehr. Ich konnte nix frühstücken, weil nix mehr rein passte. Und am besten ging es mir, wenn ich entspannt gelegen habe. Das war dann der Moment, als auch der Alten klar wurde, dass hier was nicht in Ordnung ist.

Es folgten drei Besuche vom Doc und schlussendlich der (in diesem Fall gar nicht so schlimme) Transport in die Klinik. Der Rest verschwindet ein wenig im Nebel... Zusammenge-fasst lässt sich sagen, dass der Dünndarm ganz schlimm ent-zündet ist. Und das, wie gesagt, mindestens schon seit ver-gangenem Herbst. Ich hörte die Ärzte sagen, dass ein Pferd in meinem Alter (Frechheit!) bei dieser Diagnose keine echte Chance hat. Denen will ich es aber zeigen! Also kämpf ich wie eine Irre gegen immer noch vorhandene Krämpfe, zu vie-le weiße Blutkörperchen und die ständigen Hungerattacken an. Bislang mit Erfolg, denn seit Freitag bin ich wieder zu Hause.

Alte und Ersatz-Alte kümmern sich rührig, scheinen aber nicht zu verstehen, dass ich eigentlich am liebsten nur auf die Außenanlage möchte, um meine neuen Freunde wieder zu sehen. Vorhin hab ich sie was von "frühestens in sieben Wochen" reden hören! Da bekomm ich doch ´n Koller! Na ja, ist ja nicht das erste Mal...

Ein paar Tage gibt es noch ekelige Medizin, außerdem müssen demnächst die schäbigen Klammern aus meinem sonst so makellosen Bauch gezogen werden (auf die Narbe kann ich mir echt was einbilden!). Und wenn ich schon beim Selbst-Bedauern bin: keine Möhren, kein Stroh, kein Kraftfutter. Sicher werd ich bald mit Kate Moss oder so verwechselt!

Die Alte sagt aber, das ist so am besten für mich. Und ihr glaub ich das einfach mal!

11.07.2013

Bin jetzt Star einer Morning-Show! Mit Publikum und so.
Seit ich wieder zu Hause bin, kommt jeden Morgen die Alte
(oder die Ersatz-Alte) schon in aller Herrgotts Frühe. Erst gibt
es Medizin und dann einen Ausflug zum Buffet. Magere 20
Minuten darf ich mich bedienen - aber das nur am Rand(e).

Dieses Buffet jedenfalls befindet sich direkt an einer Außen-anlage, auf der die Liliputaner meiner Gattung leben, die so genannten Shetland Ponys. Tag und Nacht verbringen sie dort ihre Zeit und das scheint manchmal ganz schön langwei-lig zu sein. Anders kann ich es mir nicht erklären, dass sie sich, sobald ich auftauche, begeistert einen Platz in der ers-ten Reihe suchen und mir dann volle 20 Minuten fasziniert zusehen.

Gut, ich bin eine Schönheit. Und auch eine Lady (sind nämlich alles Kerle). Aber ganz so spannend ist das Pro-gramm nicht, das ich ihnen biete. Egal, sie beobachten jede Bewegung und würden sicher euphorisch applaudieren, wenn sie denn nur könnten.

Wenn wir dann wieder gehen, verspricht ihnen die Alte, dass es am Abend noch eine Wiederholung der Sendung gibt. Für den Moment sind sie dann ganz ergriffen.

Ich überlege nun, ob ich wohl Gage verlangen kann...

16.07.2013

Äh...da hab ich wohl Ende der Woche was komplett falsch verstanden. Die Alte war stinksauer. Gut, das war mal was anderes als das stets besorgte Gesicht der letzten Wochen. Aber gut gefallen hat mir das nun auch nicht...
Meinen zunehmenden Hunger hatte ich wohl schon erwähnt? Und da mein Appartement ja rundherum aus Holz besteht, fing ich eben an mit der Süßholzraspelei. Anfangs hat es niemanden gestört. Erst als ich mich halb zum Nachbarn durchgenagt hatte, hieß es, das sei so nicht hinnehmbar. Die Ersatz-Alte hat also am Freitag meine Wände rundherum mit so´m Zeug eingepinselt.

Ich dachte: "Oh cool - Dressing!" und stürzte mich noch intensiver drauf. Natürlich erst, als die liebe Ersatz-Alte wieder weg war.

Das mit dem Dressing MUSS ein Irrtum meinerseits gewesen sein, denn kurz drauf fing mein halbes Gesicht von innen und außen an zu jucken wie die Pest! Ich wollte mir das Fell über die Ohren ziehen, so schlimm wurde es! Das blieb nicht unbemerkt, denn die Vermieterin guckte mir erst fassungslos zu, bevor sie a) nachsah und mich schubberte, b) die Alte anrief und c) mit der Ersatz-Alten zusammen Frau Doktor in Empfang nahm.

Lang Rede, gar kein Sinn: wegen all der anderen Medizin, die ich immer noch in mir habe, konnte nix getan werden. Außer einer kräftigen Munddusche.

Zur Strafe steh ich nun (ich hoffe nur) übergangsweise in einem anderen Appartement - ohne Holz. Und muss mega-brav zur Alten sein, die mir ihr leeres Portemonnaie zeigte und eine Viertelstunde ohne Pause auf mich einschimpfte.

04.08.2013

Himmel, bin ich entnervt! Seit einer Weile geht es mir wieder richtig gut und somit verstehe ich absolut nicht, warum ich immer noch in meinem Ersatz-Appartement herumstehen muss. Überhaupt: warum ich irgendwo herumstehen muss, anstatt wieder zurück zu den anderen Ladys auf die Außenanlage zu dürfen.

Gestern gab es einen kurzen Anflug von Freiheit, als die Alte mich einfach ganz alleine hat grasen lassen. Auf einem kleinen Stück Wiese hinter der Sportanlage. Vorsichtshalber hab ich mich mal perfekt benommen, um sie in Sicherheit zu wiegen. Vielleicht lässt sie mich ja dann demnächst auf ein größeres Stück und ich kann mal so richtig ausrasten... Das kommt nämlich neben der Langeweile noch hinzu: ich will mal wieder so richtig die Beine strecken und 'ne Runde rennen.

Obwohl, gestern sollte ich mich mal etwas schneller im Sportstudio bewegen und dabei hab ich festgestellt, dass das dann doch noch etwas anstrengend ist. Hmmm....wer weiß, Vorruhestand eventuell?

Aber ich fürchte nein. Die Alte sagt: drei Wochen noch, dann kehrt Normalität ein. Bis dahin allerdings bin ich komplett durchgedreht.

08.08.2013

Blöd, die Demenz scheint wieder schlimmer zu werden. Beweise dafür?

1. hab ich wieder vergessen, warum ich bin wo ich bin.

Das war doch wegen der attraktiven Herren, die hier ebenfalls wohnen, oder? Ich biete mich ihnen an, lautstark und optisch, aber so richtig reagiert keiner. Bis auf so'n Kleiner. Aber den kann ich nicht richtig ernst nehmen.

2. bin ich nicht wirklich sicher, ob es heute morgen die Alte war, die mich aus der Haft rausgeholt hat. Vorsichtshalber hab ich mal angefragt, ob ich Chef bin. War ich eindeutig nicht. Muss also doch die Alte gewesen sein. Die war ein wenig sauer. Das hab ich aber eh gleich wieder vergessen.

3. kann ich mich absolut nicht daran erinnern, welches Tempo beim "Sport" erlaubt war und welches nicht. Früher haben sich doch alle immer gefreut, wenn ich ausnahmsweise mal flott unterwegs war. Das spontane Galoppieren und Kiste-Hochwerfen heute Morgen kam hingegen gar nicht gut an. Also was nun?

Unterm Strich: ich bin vielleicht ein wenig gaga im Moment - aber offenbar auch gesund! Also lasst mich hier raus!!!!

13.08.2013

Ungehorsam bringt doch manchmal weiter... Ich war am Samstag echt böse zur Ersatz-Alten. Lieb und geduldig wie immer ist sie mir auf die alleroberste Wiese gelatscht, weil es dort das beste Buffet gibt und ich nicht an dem ohnehin überflüssigen Strick hängen muss. Anstatt aber die inzwischen obligatorischen 45 Minuten zu genießen, bin ich einem anderen Trieb gefolgt...

Denn auch wenn ich älter werde - meine Augen funktionieren nach wie vor super. Und so konnte ich die attraktiven Herren ganz unten auf dem Gelände durchaus gut erkennen.

Also einen kurzen Haken geschlagen, mit Voll-Speed an der Ersatz-Alten vorbei, den asphaltierten Weg bergab, schwungvoll in die 90-Grad-Kurve gelegt und hin zu den Kerlen! Und alles ohne Verletzungen!

Leider war der Ausflug von kurzer Dauer, da auch die Vermieterin geeilt kam und meine Fluchtmöglichkeiten somit auf ein Minimum begrenzt wurden. Als abends dann neben der Ersatz-Alten auch die Alte (mit ihrem Alten) auftauchte, ahnte ich nix Gutes. Aber im Gegenteil: 1. wohne ich jetzt wieder in meinem eigenen Appartement (chic renoviert, aber leider fortan ohne Holz-Leckereien) und 2. darf ich nun abends immer ein Weilchen auf irgendeine Wiese und machen, was immer ich will!

Und das Beste: ich hörte gestern, dass die Alte meinen Reha-Plan verkürzt und ich ab Samstag wieder zu den anderen Weibern darf!! Hätte ich all das geahnt, wäre ich schon eher abgehauen!

15.08.2013

Du meine Güte, hab ich mich erschrocken heute Morgen! Die Ersatz-Alte war mit mir beim morgendlichen Buffet, als plötzlich der Ex-Vermieter aufs Gelände gefahren kam! Mit diesem Horror-Kasten hinten dran, in den ich ja prinzipiell nicht wirklich möchte. Für 1,3 Sekunden hab ich tatsächlich gedacht, ich müsste zurück! Zurück nach Alcatraz, zurück in die Einsamkeit, zurück zu denen, die mich für den Killer der Nation halten!

Stattdessen aber hat mich die Ersatz-Alte beruhigt: nicht ich, sondern mein ganz netter Nachbar muss mitfahren. Puh... Der Schock wich Erleichterung und Verwunderung. Erleichterung, dass ich hier bleiben darf und Verwunderung, weil ich echt nicht weiß, warum der Nachbar dahin möchte. Na ja, mir kann´s egal sein.

21.08.2013

Freiheit? Freiheit!

Tatsächlich scheint seit Samstag die Welt wieder normal zu sein. Dabei fing der Tag eher wieder so an wie die der letzten acht Wochen. Alle Mitbewohner durften raus aus den Appartements, nur ich wurde ignoriert. Und seit ich meine Inneneinrichtung nicht mehr vertilgen darf/kann, ist mein Unterhaltungsprogramm ohnehin auf ein Minimum beschränkt.

Um kurz vor 12 kam dann die Ersatz-Alte. Und um kurz nach 12 dann auch noch die Alte. Für den Moment war ich schwer verwirrt. Lange Zeit zum Nachdenken haben sie mir aber nicht gegeben. Stattdessen wurde ich endlich in die Freiheit entlassen! Zurück zu den anderen Weibern, mit denen ich mir den Garten teilen muss. Ich war so aus dem Häuschen, so begeistert, so total gaga, dass ich...

...nichts getan habe! Mega-cool hab ich mich dazu gestellt und so getan, als hätte es die letzten Wochen gar nicht gegeben. Ich bin so toll!!

Fanden wohl auch die Zweibeiner, die nämlich zusahen und dieses prickelnde Wasser in sich reinkippten.

26.08.2013

Alltag? Alltag.

So´n Mist. Ich hab mir gleich gedacht, dass die Nummer mit der wiedergewonnenen Freiheit einen Haken haben muss.

Seit einer guten Woche verbringe ich meine Tage ja wieder mit den anderen Weibern im Außen-Wellness-Bereich, was natürlich auch ein wenig anstrengend ist. Nein, ernsthaft: ich muss stundenlang frische Luft einatmen, mich am Buffet bedienen (man weiß ja nie, wann es leer ist), mich der Millionen Fliegen erwehren und zwischendurch mal von oben nach unten laufen. Und umgekehrt.

Da ist man abends ´ne Runde platt, ist doch logisch. Und was dann? Alte oder Ersatz-Alte tauchen auf, tun so, als wäre nie was gewesen und zerren mich ins Sportstudio (!) - Hallo? Ich bin doch krank!! (gewesen immerhin). Vorgestern hat die Alte sogar versucht, mich mitten am Tag zur Arbeit zu motivieren. Als wäre das besser - tss.

Sie erklärt mir zwar ständig, dass Bewegung jetzt ganz wichtig sei, damit ich wieder ganz auf die Höhe komme....blablabla. Aber so richtig einsehen kann ich es noch nicht. Soll sie doch selbst im Kreis rennen!

27.08.2013

Das war nicht so nett, was ich da gestern von mir gegeben habe... Zumal: wer möchte schon sehen, wie die Alte im Kreis rennt? Ups...schon wieder nicht nett. Also noch mal von vorne.

Das war nicht so nett, was ich da gestern von mir gegeben habe... Und deshalb war ich gestern Abend auch zuckersüß. Die Zweibeiner sind ja mit Kleinigkeiten schnell zufrieden zu stellen. Ein begeisterter Blick, wenn sie an den Außenbereich herantritt, ein flotter Trab, wenn sie ruft, und dann noch ein liebevoller Blick, wenn sie einen massiert. Und schon war sie glücklich.

Arbeiten musste ich leider dennoch. Einziger Trost: auch Kollegin Gitania war im Sportbereich unterwegs, hatte genauso wenig Lust, wurde aber nicht nur von ihrer Chefin, sondern gleichzeitig auch noch von unserer Vermieterin zur Bewegung genötigt. Und wenn die es fast ´ne ganze Stunde aushält, kann ich auch ´ne halbe.

Zur Belohnung hat mir die Alte dann die Möhren weggenommen, die jemand freundlicherweise auf meine Wohnungstür gelegt hat! Weil mir der Doc Möhren und Brot noch für ein paar Monate verboten hat, sagt sie. Gerade wollte ich schon wieder frech werden, da kam sie dann mit der leckeren Matschepampe um die Ecke, die ich seit einer ganzen Weile bekomme. Okay, besser als Möhren, seh ich ein.

28.08.2013

Was für ein Auf und Ab mit dem Nett-Sein. Dachte ja, es hätte gereicht, vorgestern vorbildlich nett zu sein. Wer konnte denn wissen, dass sich die Alte das als Dauerzustand wünscht?

Als sie gestern kam, war ich doch ziemlich weit vom Zugang unseres Außengeländes entfernt. Ja gut, sie hat gerufen. Und ja gut, sie hat beim Näherkommen auch deutlich gemacht, dass sie auf der Stelle erwartet, dass ich komme. Bin ich ja auch. Die letzten drei Meter. In meinem Vertrag steht nix von der genauen Entfernung, die ich zurücklegen muss, um die Alte zu beglücken.

Was dann kam, hat mich allerdings etwas schockiert. Nach Wellness und Massage holt sie doch allen Ernstes Trense und Pad aus dem Schrank!! Ich denke, spinnt sie komplett????? Ich kann doch kaum mein eigenes Gewicht tragen, geschweige denn ihres! Sie konnte mich schnell beruhi gen: es sollte nur eine kleine Motivation für die übliche Sport-einheit an der langen Leine sein.

Dummerweise aber ist die andere Motivationshilfe, das Ding, das so laut knallt und am Ende des langes Stockes hängt, nach fünf Minuten quer durch die Halle geflogen. Ka-putt. Für mich war damit klar: Feierabend für heute. Hab ich auch deutlich gemacht. Stehenbleiben, Augen zu, Ohren zu, alles dicht. Und jetzt glaubt es oder nicht: sie hat mich gehauen! Ernsthaft, wenn man endlich mal so´n Telefondings erfinden würde, das so große Tasten hat, dass auch ICH es benutzen könnte, hätte ich umgehend den Tierschutz angeru-fen!!

Stattdessen hab ich Ohren und Augen wieder geöffnet und mich dem Sportprogramm gewidmet. Was bin ich froh, dass heute und morgen die Ersatz-Alte kommt....

September 2013

Shit, habe wieder Bauchweh. Weil sich Annette (denn so heißt die Alte eigentlich) und Svenja (richtig, die liebe Ersatz-Alte) so über meine bisherigen Fortschritte freuen, werde ich mir besser mal nix anmerken lassen. Wird schon wieder, bestimmt.

Epilog – 30.09.2013

Ein paar abschließende Worte müssen einfach sein. Amber's Diary hat Euch in den vergangenen zwei Jahren auf dem Laufenden gehalten: über ihre verrückten Tricks zur Arbeitsverweigerung, über Alcatraz oder Frühlingsgefühle, über Alte und Ersatz-Alte und natürlich über all die Kleinigkeiten im "normalen" Leben meiner phantastischen Stute.

Nun ist sie nicht mehr da und ich bilde mir ein, sie grinst "von Oben" auf uns herunter, freut sich über Wiesen ohne Zäune und jede Menge fescher Jungs, die sie natürlich allesamt verrückt macht.

Ich bin dankbar für fast 13 Jahre mit ihr und ihren Eigenheiten. Und für Eure Anteilnahme an rund 120 Folgen Diary. Wenn ich es eines Tages so richtig begriffen habe und die Leere nicht mehr ganz so weh tut, werde ich alles noch mal lesen, ausdrucken und als bestes Buch aller Zeiten einem Verlag aufschwatzen...

Danke, Amber!

"Und wenn Du tot bist, wirst Du ein Stern!" (Dirk Bach)

Über tredition

Der tredition Verlag wurde 2006 in Hamburg gegründet. Seitdem hat tredition Hunderte von Büchern veröffentlicht. Autoren können in wenigen leichten Schritten print-Books, e-Books und audio-Books publizieren. Der Verlag hat das Ziel, die beste und fairste Veröffentlichungsmöglichkeit für Autoren zu bieten.

tredition wurde mit der Erkenntnis gegründet, dass nur etwa jedes 200. bei Verlagen eingereichte Manuskript veröffentlicht wird. Dabei hat jedes Buch seinen Markt, also seine Leser. tredition sorgt dafür, dass für jedes Buch die Leserschaft auch erreicht wird

Autoren können das einzigartige Literatur-Netzwerk von tredition nutzen. Hier bieten zahlreiche Literatur-Partner (das sind Lektoren, Übersetzer, Hörbuchsprecher und Illustratoren) ihre Dienstleistung an, um Manuskripte zu verbessern oder die Vielfalt zu erhöhen. Autoren vereinbaren unabhängig von tredition mit Literatur-Partnern die Konditionen ihrer Zusammenarbeit und können gemeinsam am Erfolg des Buches partizipieren.

Das gesamte Verlagsprogramm von tredition ist bei allen stationären Buchhandlungen und Online-Buchhändlern wie z. B. Amazon erhältlich. e-Books stehen bei den führenden Online-Portalen (z. B. iBook-Store von Apple) zum Verkauf.

Seit 2009 bietet tredition sein Verlagskonzept auch als sogenanntes "White-Label" an. Das bedeutet, dass andere Personen oder Institutionen risikofrei und unkompliziert selbst zum Herausgeber von Büchern und Buchreihen unter eigener Marke werden können.

Mittlerweile zählen zahlreiche renommierte Unternehmen, Zeitschriften-, Zeitungs- und Buchverlage, Universitäten, Forschungseinrichtungen, Unternehmensberatungen zu den Kunden von tredition. Unter www.tredition-corporate.de bietet tredition vielfältige weitere Verlagsleistungen speziell für Geschäftskunden an.

tredition wurde mit mehreren Innovationspreisen ausgezeichnet, u. a. Webfuture Award und Innovationspreis der Buch-Digitale.

tredition ist Mitglied im Börsenverein des Deutschen Buchhandels.